包倬————著

十寻

About Seek
Stories

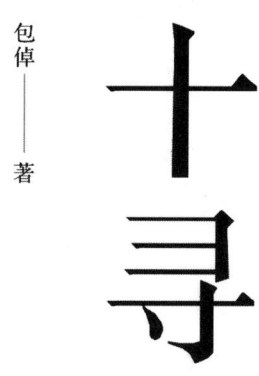

产品合格证

检验员：010
厂　名：山西人民印刷有限责任公司
地　址：山西省孝义市新义街525号
此产品若发现印装质量问题，请
持合格证及问题反馈给我公司，以便
查找原因，及时处理。
联系电话：0358-7641044

山西出版传媒集团　北岳文艺出版社
·太原·

图书在版编目（CIP）数据

十寻 / 包倬著 . -- 2 版 . -- 太原：北岳文艺出版
社 , 2025. 3. -- ISBN 978-7-5378-7020-7

Ⅰ . I247.7

中国国家版本馆 CIP 数据核字第 2025LF6022 号

十寻
SHI XUN

包倬◎著

选题策划

王朝军

责任编辑

赵　婷

装帧设计

FAWN

印装监制

郭　勇

出版发行：山西出版传媒集团·北岳文艺出版社

地址：山西省太原市并州南路 57 号　邮编：030012

电话：0351-5628696（发行部）　0351-5628688（总编室）

传真：0351-5628680

经销商：新华书店

印刷装订：山西人民印刷有限责任公司

成品尺寸：130 mm×185 mm

字数：175 千

印张：8.75

版次：2025 年 3 月第 1 版

印次：2025 年 3 月山西第 1 次印刷

书号：ISBN 978-7-5378-7020-7

定价：59.80 元

虚构的人物真实地活着

（代序）

写。尽量去写。除此，还能怎样？创造带来的快乐，永远是第一位的。这是其他意义的基石，否则，一切都无从谈起。白纸是混沌初开的世界，要有光，要有空气和水，要有男人和女人。于是，故事开始了。

少小离家，不觉人间二十年。时常自问：这些年都是怎么过来的呢？答曰：一分一秒过来的。谁不是呢？以肉身之盾迎接岁月之刃，而时光永恒，肉身短暂。幸有写作，让黑字见证光阴。

我能从这些文字里嗅到过去的影子。甚至，我能复盘某些时光的片段。看起来，我们是在时光中写下某些文字，其实，是那些时光变成了文字，如鸟儿飞上枝头变成果实。如此一来，阅读就是轻抚时光，感知人类的历史、现实和未来。宇宙浩渺，人世如尘。这些年，我写下的，也正是尘埃一般的小人物。这不是写作策略，而是下意识。

《十寻》也是下意识的产物。作为一种生命的延宕，当我们写作，便习惯性地回望。身后有什么？故乡、故人和故事。我需要做的，唯有讲述。讲出来，他们的喜怒哀乐；讲出来，他们在人间的荣辱得失。他们不是他们，他们即我。他们在寻找。寻找一种活着的可能性，一种生命的出路。

写下，并不意味着结束，而是一种生命状态的转移和延续。他们在纸上活着呢。他们和我一样，在经历。我姑且认为，随着年岁见长，我们（作家和人物）对生活和世界都有了新的领悟和体察。我们的心性也在改变，不再热血，不再莽撞，像枚躺在沙滩的鹅卵石，坦然迎送着日月星辰。

我会一次次去看望他们（人物），跟他们说说话，评头论足，像牧人面对满山的羊群。一世如一日，早出晚归，门一直开着。

关于再版的修订，我的想法是：打望，打磨，以今日之心度昨天和明天。我想要看看，他们（人物）是怎么在纸上活过了一生。

重新去读，如一对父子好久不见。你会发现那些个诞生于你的生命有了陌生感，继而生起了平等心。他们令你惊喜，他们令你羞愧，他们令你成为一个冷静的旁观者，从而想要去修枝剪叶。这是一个园丁面对花草的态度。

写作亦如是。

目 录

红妆 |

我站起身，看见了窗外的月亮。

今天是农历十五，你去寺庙的日子。此前多年，每月十五你都去烧香，雷打不动。但是显然，今天你不可能去了。月亮像你的玉手镯，如果将它的心掏空的话。此刻，玉手镯戴在你身上，散发出月亮一样冰润的光。

我等待的敲门声没有响起。也没人给我打电话。倒是我，此前给他们打了三次电话。他们的回答不约而同：知道了。他们，是我的父母。

我也给居委会主任打过电话，他在外出差，明天才能赶回来。他是个好人，有着菩萨心肠。感谢菩萨，你常说，如果没有他，我们就分不到这套廉租房。除了菩萨，你已很久不感念一个人的好了。提到人，你总说罪过。你每次提及这也许并不存在的善意，我都觉得像是有一缕光冲破乌云，照进黑暗的屋子。阴影里坐着过去的你。

"我为什么还要活着啊？"你第一次这样问的时候，我五岁。问完后你又说："唉，你只是个孩子，什么都不懂。"

那时的我当然不会明白你曾经躺在散发着怪味的床上，

怎样艰难地寻找继续活下去的理由。他们冲进家里时，你正准备化妆。换句话说，你以素面迎接了那场劫难。他们人多，有枪，他们可以肆无忌惮。男人不在家，或许也是被外面的浪潮卷走了。

"跟我回指挥部，交代问题。"那个当时能主宰你生死的人，其实前几天还是自行车厂的车间主任。你们彼此认识。你不怕死，但怕死后没人照顾孩子。

你反复向我提及这一段经历。时间长了，我便明白那些过往像鱼刺，卡在你的喉咙，吞不下，吐不出。

那时我们住在一起。世界已经发生翻天覆地的变化。大人们都在上班，忙着评先进和三八红旗手。只有我和你闲着，心如两块相互映照的镜子。我每天见你坐在镜子前化妆，像是在给自己施魔术。我对比过你化妆前后的样子，判若两人。

"那天我没化妆。"你说，"不化妆的奶奶，是另一个人，你懂吗？"

我不懂。那是 20 世纪 80 年代中期，你浓妆艳抹，牵着我的手，走过人群，风中有脂粉的味道。我们像两粒石子投入湖心，人们的目光在荡漾。别人是严冬的枯枝败叶，你是春天的勃勃生机、夏天的枝繁叶茂。那时你年逾五十。

在幼儿园门口，人们的目光再次落在你身上，像一群群恶心的苍蝇。最先受不了的，是我父亲。他说："妈，爸已经过世快十年，你也快退休了，你化妆给谁看？"

"化给我自己看。"你的回击毫不客气。

我父亲无可奈何。我家那栋祖上留下的老宅子，让我们表面上生活得还算体面。房子大的好处是，每个人可以独立成为一个个小世界。那永远光洁如新，散发着香味的屋子里，你在化妆桌前，为我开辟了一块地方，用来做作业。有时候，我也充当你的镜子，回答你"好看吗""漂亮不"之类的问题。我是你的另一双眼睛。你在镜子前扭动腰肢，侧身看自己的臀部；你挺起胸脯，看镜中的自己。

"好看吗？""好看。"

"回头给你也做一套。""我也要化妆。"

你笑了起来，仔细看我的五官。就像此刻，我打量着你在月光下的面容，发现你今天的妆容不够精致。所以，我决定亲自为你化妆。好的化妆就是魔法。我想，我应该算是一名合格的化妆师。我在你的脸上扑粉，像是一场漫天大雪，填满了沟壑；你的嘴唇在月光下鲜艳欲滴，一朵花盛开，世界只剩下春天；至于眉毛，它们是行在寒江里的两艘小船，载着我们，回到从前。

从前，我躺在你的身边，没有老幼之分。除了吃饭和上学，我们几乎须臾不离地生活在一起。你将自己完全呈现在我面前，就像我并不存在一样。我熟悉你生活中的每一个细节。

我父母不在家的时候，你关上门，我们在屋子里做游戏。你是游戏发明者。有时候，那些游戏以我为中心，你便成了一个孩子；而当游戏以你为中心时，我则是一个老人。至于性别，往往是根据游戏场景而定。我们扮演过小姐妹、老姐妹、小夫妻，甚至生命垂危的老年伴侣。

"既然是演戏，那就需要化妆。"你说。

镜中的我们，化了红妆，薄霜笼罩。你为我购置了红色小皮鞋、连衣裙、蝴蝶结。那是一个忙乱的年代，人们忙着赚更多的钞票。世界在一夜之间变得金光闪闪。他们顾不上我和你。所以，我们的游戏被他们发现，完全是出于偶然。

八岁那年，他们将我和你隔离起来。我的父母轮流监视着我的一举一动。他们和你进行过并不愉快的交谈。我想，谈话的内容与跟我说的大同小异。

"她还是个孩子，"他们一定会这样说，"孩子要有孩子的样子。"

孩子的样子该是什么样？我并不清楚。我无数次梦见自己化了红妆，穿上裙子，在雪地上起舞。白色的裙子，红色的鞋子。当白色溶于白色，雪地上只剩下一双红色的皮鞋、红唇、红指甲在跳舞。

那样很美。

我们为什么在舞台上时可以化妆，穿漂亮的裙子，而在课堂上就要穿宽松的蓝白相间的校服？如果没有你，我会认为世界就是蓝色的，因为人们总穿着蓝色工装和中山装。好在，世界也在一天天变化。空气有种骚动的气息，像春天，种子就要破土而出。某天，我看见街上开了一家美容店。我走进去，请他们为我化一个妆。

"我要去参加一个演出。"我说。我巧妙地化解了那个胖得像个箩筐的女人的惊讶。

那天我逃学了。我一直在街上走，像一尾鱼游在水里。有人对着我或他们身边的人笑，有人驻足，我昂头挺胸从他们面前走过。回家之前，我再次走进那家化妆店，要他们卸了我的妆。这是多么残忍的事，像是在揭一条活鱼的鳞片。

现在好了。在我的妙手下，你又回到了年轻时代，回到了我的记忆之初。而月亮越升越高，将一大片黑暗扔给了人间。我在你身边点燃了蜡烛。我们都讨厌电灯，它们是月亮的敌人。

我就这样看着你。你的脸，是你的世界。你所经历的风霜，全写在脸上。除了我与你相伴，似乎没有人再走进过你的世界。

"我们原本可以有一个幸福的家庭，"我父亲说，"但是一切都被毁了。"

他说这话的时候痛心疾首，热泪盈眶。谁毁了我们的幸福？难道是那些化妆品？当然不是。它们又不是炸药。但是，肯定有一种东西毁了我们的生活。在那个古旧的宅子里，空气、门、墙壁，都是屏障。我经常听到争吵声，以及你敲木鱼的声音。

"我们很希望你找个人陪着，像一个正常老人一样，锻炼身体，养猫，养狗，养花，跳舞。"

木鱼声声。青烟袅袅。阿弥陀佛。

"你要怎样我不管，但你不能把我的女儿教坏了。"

我父亲并没有夸大其词。那时我的同学都叫我们老妖和小妖。他们看我的时候，像是在看一只彩色大熊猫。我父母早出晚归，忙着我们无法理解的事。他们万万没有想到，你每天将我打扮得像个公主才送进学校，而在他们回家之前，将我恢复到了他们所能接受的样子。在那座老宅子里的四个人，玩着猫和老鼠的游戏。我们乐此不疲，把偷偷化妆玩成了捉迷藏。在学校里，我分明感觉到了老师和同学看我时异样的眼神，但我无所谓。我的班主任多次提醒，她让我要有个学生的样子。我所在的，正是以严厉闻名的女校。

我的父母被叫到学校时，羞愧得无地自容。他们根本没想到，住在那老宅子里的另外两个人，不光彻底和他们生活在了两个世界，而且，还瞒天过海。

"我建议你们将她带回去吧，"班主任说，"她这个样子，是会带坏其他女生的。"

对于我父母的指责，你只是轻描淡写地回应。最后你以诵经作对抗。他们将我锁在东厢房里，而你在西厢房。我们之间隔着一个院子。院里有三棵蜡梅树、两棵石榴树，以及一个瓜果架。我不时能听见诵经声传来，《大悲咒》《心经》或《地藏菩萨本愿经》。"阿弥陀佛。"我在心里念。

我的课本、文具、校服，堆放在床上，它们提醒我，我是一名被学校勒令回家反思的学生。我父母开始意识到这些年他们的角色缺失，花时间来陪我，但是我除了每天听他们争吵以外，似乎也做不了别的事。

　　他们有太多可以争吵的话题。外面的男人或女人、生意或工作中的事情。我父亲离开了原单位，摆地摊、开餐馆，反复折腾，欠了一身的债。我的母亲在毛纺厂里领着微薄的工资。祖上留下的老宅，成了他们心里最后的砝码。债主们纷纷逼上门来，我父母无奈，只好卖了老宅。

　　"卖了也好，这个院子里邪气太重，"我父亲说，"我们可以换个环境生活，或许家运会顺一些。"

　　2002 年，我们从市中心的老宅里，搬到了正在开发中的环湖路。路的尽头是臭烘烘的滇池。这里潜藏着巨大的开发价值。不管白天黑夜，渣土车横行，工程机械肆无忌惮。那时，房地产市场还在蹒跚学步。我父母用卖老宅还债后剩余的几万块钱，买下了一套两居室的房子。窗外，是大片的田地。地里没有庄稼，它们已经被征用了，等待着开发。

　　在那套新房子里，塞满了我们从老宅里搬出的东西。那种感觉，如同要将盆里的东西装进碗里——它们不是塞进了屋里，而是塞进了我们的心里。两间卧室里，只有床是空闲的。我父母住一间，我和你住一间（上下床）。作为败掉了老宅的倒霉蛋，我父亲搜肠刮肚地发掘新家的好处。位置好，今后有升值空间；空气好，有旷野的风；交通好，不像城里拥堵。他说这话时，我们不置可否，他的眼里闪烁着底气不足的光芒。

"真的，我们要重新开始了。"他说，"我们所有人，都要努力赚钱。"

"我们想搬出去住。"你说。

若不是我父亲阴沉着脸，我听到这句话时一定已经高兴得叫出声来了。

"你们？"他问，"你们是谁？"

"我和我孙女。"你说，"我知道，你们对她不满意，嫌弃她。"

我以为这事会遭到他们的强烈反对，但事实上没有。他们的愤怒和挽留都是象征性的。

"你要想好了，"我父亲说，"你年纪大了。"

顺便说一句，我被勒令回家反思后就再也没有回学校。我用从你那里学来的沉默彻底打败了父母。为了表达对我们的关爱，他们给了我们两万块钱。这些钱在当时的环湖路，我们可以支付五年的房租。我们租了一套一居室的房子。我们重新回到了属于我们的世界。

某天我从外面回来，看到你将妆容精致的脑袋伸进垃圾桶里。我闪身躲在了一旁的树后面。你从垃圾桶里翻出纸板和矿泉水瓶，如获至宝。你白发如雪。即使是拾垃圾，你仍然戴着手套，不让那些废弃物品沾染了你樱桃似的红指甲。

我羞愧得想遁入泥土。我怎么还能让你继续养着我？

"你喜欢做什么？"有天你问我。

"化妆。"

"化妆好，"你说，"让人漂漂亮亮地活在世上，多好。如果有天奶奶死了，你别怕，你要给我化妆。"

我答应了你，成了一名入殓师学徒。我的师父是西郊殡仪馆唯一的女入殓师，我是她唯一的女徒弟。这并不是一个奇特的职业，和医生、律师、教师一样，我们只不过是面对不同的服务群体而已。

夜如深潭。微弱的烛光，只能照亮半间屋子，它像把伞，将我们笼罩其中。你手脚冰凉，多年来一直如此。我是你的暖宝宝，多年来一直如此。有秒针从我心里划过，如刀锋，能剔骨。我给你盖上大红棉被，烛光摇曳之时，你像是躺在了红色小船上，晃晃悠悠，就要顺江而下。

我为你播放《天涯歌女》，周璇的声音轻轻萦绕。每当她的歌声响起，世界就褪去了色彩。你梳妆、描眉、穿上旗袍，在镜子前转身。黑与白之间，有一条缝隙，就像骨与肉之间的*丝丝缕缕*。

而黑夜转身，抖出了金光灿烂的早晨。你的脸在朝霞下，充满了死亡的生机。人们忙碌起来，他们并不关心自身之外的事物。我转身进了卧室，坐在镜子前，为自己化妆。每一次化妆，我所面对的，都不是一张脸，而是一张需要美来填充的白纸。化妆，对我来说，是一个雕刻和刺绣的过程。

电话或敲门声都没有响起。我下楼，去鼓皮巷。

我的鞋跟敲击着冰冷的地面，薄霜在阳光下像一地的碎玻璃。小区里的几棵苹果树，掉光了叶子，瘦骨嶙峋。一只黑猫凄厉地叫着，"嗖"的一声钻进了垃圾房。有风吹来，想掀我的裙子。

鼓皮巷里有个令人惊恐的传说。多年前，住在这里的人，都靠蒙鼓皮为生。什么皮？牛皮、羊皮。惊蛰时节，天雷滚滚，鼓皮巷里，鼓声震天。每一年的惊蛰，是鼓匠们的节日。鼓声是人间的第二语言，通人，通神，通鬼。牛皮鼓厚重如巨石，撼动大地；羊皮鼓清脆如响箭，直穿云霄。而真正能够贯穿天地的，是人皮鼓。皮要活皮，鲜血淋漓中剥下皮，发出的声音就是流动于天地间的血脉。夜晚的鼓皮巷里，幽灵横行。有时鼓声大作，却非人所敲响。

直到有天，有人在鼓皮巷东西口各造一座高塔，才将那些冤屈的灵魂镇压住了。如今，这里的建筑依然保持着原貌，只是再也没有人蒙鼓。

鼓皮巷的传说，是牛老三告诉我的。他说他家祖上就是鼓皮匠，能蒙一手远近闻名的人皮鼓。

那晚我们在鼓皮巷旁边的烧烤摊，喝到凌晨三点。他喝一种廉价的松子酒，我喝果汁。他没有母亲已七天。他母亲死时，是我化的妆。我们是街坊，是熟悉的陌生人。那晚他喝多了，唠唠叨叨说起前半生，说起和母亲相依为命，一个大男人哭得稀里哗啦。

"别哭了，"我说，"我和你一样，也只有一个人可以依靠。"

这话似在释放一种信号——我们是同类项。果然，他像个得了糖果的孩子止住哭声,而留下我一人反复回味话里的弦外之音。

此后有一段时间,我们经常一起吃饭、喝酒。有时候他甚至会开着一辆快报废的两厢夏利,去殡仪馆门口接我。他送我他母亲留下的手镯。他住在鼓皮巷旁的一个旧院子里,那是他母亲当年的单位宿舍。那是一个乱狗窝一样的地方,随处可见横七竖八的酒瓶,烟灰缸里堆满了烟蒂,厨房里散发着霉味。如果心情好,我会帮他收拾一下。但我们经常不欢而散。我无法接受他的要求,因为我总是在着急时刻想起小武。我们争吵,断了联系。偶尔还是会在鼓皮巷里遇见,但视若无睹。

我在这个清晨穿过鼓皮巷,是去找牛老三。我没有给他打电话。

敲门声响了两下,门打开了。他没有表现出过多的惊讶,还穿着睡衣,醉眼蒙眬。

"是你?"

"嗯。"

我们站在酒味弥漫的客厅里。看得出来,他昨晚睡的是沙发,一半毯子掉在地上。

"你怎么了?"他问。

"没啥。"我说,"手镯,还给你。"

没啥。我确实是来还手镯的。我们的见面时间没超过三分钟。他想拥抱我,被我推开了。抱歉,让他误会了。

我去了纸火店里，那个行将就木的老妇人也露出一脸的不屑。都是以死人之名赚活人的钱，也算是半个同行吧。可她看不惯我的妆容。当然，她已经没有了将我拒之门外的力气。

"我买蜡烛、冥币和香。"

这是家大约八平方米的小店，并无多少存货。它一面墙上挂的是寿衣，一面墙边堆放的是花圈。老妇人像一只老鼠，钻进纸箱堆里翻找，终于搬出了三箱白蜡烛、两箱冥币，以及几捆长短不一的香。

我搬东西上楼的时候，遇见了我的邻居——一个喜欢钓鱼的老头，白发苍苍，但面色红润。前几年，他为了接近你，甚至信了一段时间的佛教。但后来，他将你和菩萨一起忘记了。如今他见到我们已经不再打招呼。他骑着自行车，扬长而去。

这个城市的冬天，如果天晴便很暖和。今日立冬，太阳很好。我将窗帘放下来，阳光被挡在了外面。我一个人要将靠墙摆放的沙发移到客厅中央，有些费劲，只能一点点挪动。家里的四条高板凳，是老宅里的遗物，以前摆放在堂屋中央，后来遭人嫌弃，占地方。我从阳台上找出它们时，上面落满了灰尘。用抹布擦拭过后，光亮如镜。

当高板凳上的蜡烛全部点亮之时，客厅里有了天堂的模样。火苗欢呼着，照亮你前行的路。你躺在烛光中，像是睡前忘记了卸妆。我没有悲伤，一点也没有。

　　我用燃烧的冥币，为你造出仙境的烟雾缭绕。我一张张烧，像一个老人细嚼慢咽地吞下食物。对于钱，你似乎没有太多渴求。"赚不了，就少花点。"你说这话时，像是告诉自己，也是在告诉我。所以，我为你烧去那么多的冥币会不会增加你的负担？这倒不是活人慷慨，而是冥币的面值和人民币实在相差太远。每一个死人，都是天堂或地狱里的富翁。蜡烛还要很久才会燃尽。冥币暂时不能烧了，烟雾久久散不去，太呛。

　　你已经做完了人间的事，而我还没有。

　　他们终于来了。我爸和我妈。哭声先人而至。邻居们见了，驻足让道，大体明白发生了什么事。在这个院子里，每年都有老人熬不过冬天。救护车呼啸而至，很多时候，老人们离开家的下一站不是医院，而是殡仪馆。

　　他们呼天抢地地进了门，像被抽走了身上的骨头，趴在地上，哭声震天。他们将冥币扔进火盆里，燃烧不及，屋里浓烟滚滚。我只能打开窗子，将哭声和烟雾一同放出去。然后，站在一旁不知所措。

　　这世上的家庭，有的和睦美满，有的冷若冰霜。我们像一粒种子飞离果壳，兀自生长。人心软弱，时间抹去记忆的能力也并非我们想象中的那么强。就像关于你的过去的另一个版本——你的红妆惹的祸。

　　"有人取笑他，所以他便将脏水泼向我。"你说，"他是个懦夫，可怜又可恨。"

你指的是我爷爷。你回到家后，不哭不闹，默默割断了感情的绳索。那栋老宅子，像个庞大的消音器，人与人之间的话少得足以让苍蝇和老鼠猖狂。有人死了，一切从简；有人活着，像一块孤独的石头。

可是，他们居然在你面前号啕大哭，哭到声音喑哑。我站在一旁，耳朵里充斥着哭声，眼睛里塞满了烟尘，风从窗外灌进来，那些化烬的冥币四处飞蹿。

"我出去一下。"我说。

我饿了。至少有十二个小时，我粒米未进。有一团火在我的胃里燃烧，灼疼。我很自然地想起了鼓皮巷里的小吃店。这是一家老字号，种类繁多，味道也不错。只是因为小武，我很久没进这家店了。服务员小茉莉正在潦草地抹桌子，满脸的不耐烦。她似乎直到给我端来面条时才发现是我。

"小武呢？"我问她。

"死了。"她说，"不要跟我提这个王八蛋。"

小武当然没死，死的应该是他们的感情。我在鼓皮巷尽头的雅乐居门口找到他时，他正在玩手机游戏。我们第一次见面就是在这里。我下班回来经过这里，他朝我吹口哨。那时他刚来这里做保安。有天他约我看电影，我欣然答应了。他在黑暗的电影院里牵住我的手，我的身心战栗而喜悦。他来自一个叫阿尼卡的村庄，最大的理想就是能够回去修一幢房子。

我们每三天去一次不远处的如家酒店。可是某天，他告诉我，他真正喜欢的人是小茉莉。

我恍恍惚惚地度过了一个夏天，不敢轻易走进鼓皮巷。秋天来临的时候，你在过道里摔倒了。隐形的病魔逃过了 X 光和核磁共振的检查，医生的结论是：没有问题，软组织受伤而已。可你已经无法下床了。我给父亲打电话，广场舞音乐穿透嘈杂的人声送进了我的耳朵。我告诉他你的病情，他说："我最近忙着，你先好好照看她吧。"

"如果我死了，你怎么办？"你问。"你不会死。"我说。

这当然只是我的一厢情愿，就像我去看小武，他却连头都懒得抬一下。

"我知道是你，"他说，"我已经闻到你身上的香水味了。""我们找个地方聊聊吧，"我说，"二十分钟就足够。"

小武的手指停在手机屏幕上，思索着，并不抬头。在不远处的另一个岗亭里，他的同事正在看着我们。

"你有啥就在这里说吧，"他说，"我在上班，离岗会被举报扣钱的。"

我伸手去拉他，他猛然间跳开了。然后站在一旁，愤怒地盯着我。

"别，"他说，"你的手很冷。"

"我奶奶过世了。"我说。

"什么时候的事？"

"现在还在家里。"我说。

他的脸上掠过一丝惊惧，态度随着缓和下来。

"我们还有可能吗？"我问他。

他愣了一下，看着我，脸上渐渐露出了笑容，然后摇摇头。"怎么可能？"他说。

"那你今后有什么打算？"我问他，"是跟小茉莉结婚吗？""没钱结个屁的婚啊。"他苦笑了一下。

"这是送给你们的红包，"我掏出准备好的银行卡，"我的银行卡密码，你还记得吗？"

小武被吓到了。仿佛我递过去的不是银行卡，而是一条蛇。

"不要，"他也许觉得我这样过于唐突，加重了语气，"我凭什么要你的钱？"

"我没有任何要求，你拿着吧。"我说。

他稍稍松了口气，但依然紧绷着身子。我将卡塞向他的牛仔裤兜，他躲开了。那样子，看起来像是我想占他便宜。他的嘴角向上微翘，似笑非笑，终于将双手从胸前放开了。他的目光注视着我手上的银行卡，欲望不可避免地流露出来，却又被某种东西强行抑住了。他似乎做出了决定，整个人变得轻松起来。

"你走吧，"他说，"天下哪有不要钱的午餐？"

见我并没有离开的样子，他突然朝鼓皮巷里走去，越走越快，最后小跑起来。我穿着高跟鞋，追不上他。拿在手里的银行卡，此时成了一种屈辱的象征。不远处一个环卫工人正在清理垃圾，我赶在他将垃圾桶推向垃圾车之前，将银行卡扔进了桶里。他瞟我了一眼。

我往回走时，居委会主任打来电话。他出差回来了，要来看你最后一眼。我和他约在楼下相见。

"她走了，你怎么办？"他问我。

当时以你的名义申请的廉价租房，在你走后，房子会被收走，给那些更需要的人。

"我还没想好。"我说，"但我会尽快还回房子，不让您为难。"

隔着一层楼，我们听到了哭声。那声音不像是哭，更像是在哼唱，像一台正在顽强爬坡的旧汽车。那声音在我敲门的时候停了。屋里的蜡烛被风吹熄了一半。我向他们介绍了居委会主任。我父亲递了香烟过来，被拒绝了——他不抽烟。

"她的手镯呢？"我问。

"什么手镯？"我母亲反问，"我没有看见手镯。"

"哦，"我说，"殡仪馆我已经联系好了，什么时候送去你们做决定。"

主任向你鞠躬，上完香后退到了一旁。

"我是居委会的，"他说，"待办完后事，你们到居委会来办理房子的退还手续。"

"退还？"我母亲失声叫了起来，"退了房子，我女儿住哪里？""女儿"这个词像两粒石子，突然塞进我心里，硌得生疼。

"我不需要房子，"我说，"我有自己的打算。"

我母亲又开始抽泣，不知道是哭丧事还是哭我的未来。主任要走了，我送他到门口，看他消失在过道里才关上了门。

"手镯呢？"我又问，"她的玉手镯。"

"没看见，"我母亲说，"一个过世的人，戴着手镯干什么？""那是她最珍贵的东西，当然应该让她带走。"我说。

"难道她不应该给我们留点遗物吗？"我父亲振振有词，"我们想她的时候，可以看看。"

"对啊，"我母亲说，"更何况我们根本没见到她的手镯。"我突然失声痛哭。不是悲伤，而是疼痛。

"别太难过了，"我父亲拍拍我的肩，"人固有一死嘛，活着的人，要朝前看。"

这话提醒了我母亲。

"对呀，"她说，"等这事结束后，你去找居委会说说，这房子可千万不能退还了。"

这时，殡仪馆的司机老范打电话来。他问啥时候来搬运尸体。我转达了父母的决定：明天早上八点。我父母陪我守你在人间的最后一夜。上半夜，他们还往盆里烧纸；到了下半夜，他们哈欠连连，一遍遍捶背扭腰，仿佛身子快要散架了。他们不时望窗外，看手表，而曙光迟迟未降临。你睡得像个婴儿，嘴角甚至流露出一丝浅笑。有人在这个夜晚出生，有人在这个夜晚死去。新的一天，太阳照常升起。风吹散了热气，冷飕飕的。我推开窗，看见灵车缓缓开来，像一只静默的怪兽。电话响起，我浑身战栗。而我的父母却是如释重负的样子。

"来了吗？"

上楼的脚步声越来越近，像是踩着我的心脏而来。我为他们打开门，老范走在前面，他轻轻握了下我的手："节哀。"每一个进门的人都冲我说这句话。屋子很快塞满了人。我父母退到了一旁。装尸袋像一只黑色的巨蟒张开嘴，很快将你吞噬。他们将你固定在了担架上，抬着下楼。有邻居听到响动拉开了门，看到裹尸袋，迅速关紧了门和窗。下到一楼，早有人打开了灵车的后舱，你被送了进去。我和父母坐一排，另一边的位子上坐满了工作人员。

灵车汇入车流。从外观上看，这车和其他车辆并没有明显区别。为了不惊扰路人，甚至没有打上任何跟殡仪相关的字。我熟悉的巷子在车窗外退去，像春天时褪下的旧棉袄。这是上班高峰期，灵车夹在车流里，行进缓慢。这漫长的人间告别，像你的一生那么艰难。

殡仪馆在郊外，我们需要通过高速公路才能抵达。而各种车辆塞满道路，电动车和自行车见缝插针。老范开车不习惯按喇叭，沉默得像个幽灵。我们坐在车上，谁也不说话。

在某几个瞬间，我恍然觉得自己是在上班的公交车里。窗外的景象也大致相同。每天上班，我都急切盼望公交车能早点驶离市区。但是，当我反应过来是坐在灵车里时，我又希望这车能够开得更慢一点。

我父亲的手机响了起来。他看了看来电显示，挂断了。再响，再挂。再响，他只能接电话了。他将手机紧贴在耳边，身子侧向一旁，含糊其词。我母亲突然伸手从后面抢走了他的手机。那边隐约传来一个女声，喂，喂，喂！

"你谁啊？"我母亲对着电话吼，我的父亲虎视眈眈。然而，电话却被挂断了。

"是你的舞伴吧？"她问，"是不是又缺钱了？老母狗。""你别乱说，"他低声哀求，"我们只是朋友。快把手机还给我。"

"朋友？去宾馆开房的朋友？"她站起身来，提高了嗓门，"我已经给过你们两次机会了，老公狗。"

除了老范，所有人的目光都投向了他们俩。却没有人出口相劝。

"把手机还给我，"我父亲加重了语气，快要爆发了，"听到没有？"

车辆终于突破了车流，驶上了高速公路。

我的母亲高举着手机。我的父亲像一只觊觎香蕉的猴子。

"信不信我将手机丢出窗外？"她说，"敢让大家看看你们之间的秘密吗？"

"有病！"他说。

前方路上，有一辆轿车突然并道，灵车紧急制动，差点撞上了。我的父母像两只斗鸡，头碰到了一起。那几个工作人员忍不住笑了起来。两人红了脸，互瞪一眼，偃旗息鼓。

过了一会儿，他觍着脸从她手里拿回了手机。

远远的，我看到了殡仪馆。火葬场的烟囱耸入云端，这是抵达另一个世界的通道。灵车驶下高速公路，进入匝道，右转，穿过一片田地，便到了殡仪馆。空气中飘着一种怪味——或许没有，是我心里作祟。有时候，我甚至觉得田野里那些庄稼上，覆着的灰尘也是骨粉。

乐队已经准备好。我特意要他们循环演奏《幽灵》。这首歌很难奏，他们平时只会用芦笙演奏《瑶族舞曲》。加了价，他们排练了一个通宵。我喜欢《幽灵》里的哀婉和激昂，每一个音符都像雨点打在我的脸上。

你被推入了仪容间。我将在这里最后一次为你化妆。你属于正常离开，面容安详，没有任何伤痕。这些神秘而让人忌讳的程序，在我们这里只是一项工作。我像护士盼望遇见安静的病人一样，盼望遇见的尸体都不要那么面目狰狞。

他们还在外面等着和你告别。来了几个我不认识的人，想必是我父母的朋友。刚才在车上发生的事情其实并未过去，一场暴风雨正在酝酿。我推你出去见他们最后一面。

我母亲干号起来，但声音完全被音乐给盖住了，她大张着嘴，像是在表演一幕哑剧。我见过各种规格的告别，你属于那种最平民化的。但这没有关系。任何华丽的送葬仪式，最终都是将人送进火炉。默哀。告别。

那两个负责推你进入燃烧室的工人我认识。我给他们一人塞一个红包，告诉他们我亲自推你进去。在燃烧室里，你将通过传送带被送进高温火炉。在进炉之前，我还要为你套上黑色的尸袋。但是，请稍候。

我将尸袋平铺在传送带上，自己钻了进去，就像小时候我们玩捉迷藏游戏，我躲在口袋里，伪装成一袋被废弃的东西。

这传送带像一座桥。我躺在人间和天堂之间，闭上了眼睛。

亲爱的困兽 |

起初，他们还能看见彼此。那时，他们盼望天快一点黑下来。马小明仰面闭目，太阳像只受伤的刺猬，在滚下山坡的同时射出万道箭镞。周虹用手支撑着下巴，紧锁双眉。空阔的坝子裸露着，眼下已是初冬。

夜是躲藏在深山里的黑罩子。马小明和周虹眼睁睁地看着夜色一点点铺开，像是天地间不断注入墨汁，越来越黑，最后将他们笼罩。夜色缝合了天地，星星与灯火连成一片。周虹转过身，她看到马小明变成了一团黑影。这浓墨般的空气晃动了一下，马小明也转过身来。

你饿不？他问，伸手轻抚一下她的头顶。

我吃了三碗饭，她说，老卡媳妇的厨艺好，炒白菜做得比肉还香。

你后悔不？他问她。

你都问了一百遍了，她说。

那你就回答一百遍，他说。

她没有说话，而是在黑暗中摇了摇头。他们的身后，大概一公里外，是一条公路。那条穿过城边的 G60 高速公路像条河流，传来汽车穿梭而过的哗哗声，城市和乡村被一分为二。

他们在晚饭过后告别了老卡。这告别来得突兀，连马小明自己也没有想到。毕竟老卡是他在西区唯一认识的人，毕竟他现在带着周虹，并且走投无路。

"住一晚再走吧。"老卡说这话时，眼睛朝周虹脸上瞟。

"住个锤子。"马小明说。

老卡若有所思了一秒钟，说狗日的，不识好歹，随便你。马小明背上放在门后的蓝色牛仔包，拉着周虹的手，昂着头走了。

西区很小，像是钢城的一只脚掌。过去的三天，两人已将西区逛遍。那些贴出招聘启事的店面，他们都去问过，有的要求大学学历，有的要求有工作经验，有的需要本地户口担保，更夸张的，要求身高一米八。总之，他们一无所获。

无奈之下，马小明带着周虹投奔老卡。老卡摇着他树桩样的大平头说，你早来十天多好啊，我刚招了两个人，一个负责店面销售，一个负责送货。

马小明见过那两个人，一个黑皮肤的胖姑娘、一个瘦精精的小伙子，这一胖一瘦的年龄都跟他和周虹差不多。

然后，老卡又说，你当时要是不离开多好，说不定已经学会开车了。

老卡有个小型饮料厂，其实就是"黑作坊"。这里生产各种果汁饮料，最核心的技术就是勾兑。三年前马小明帮老卡向钢城所辖的偏僻乡镇送货,跟着一辆小货车四处跑。那时老卡说,你干满五年,我就送你去考驾照,让你开小货车。

马小明出生在距离钢城三百公里外的阿尼卡。那里的山林里奔跑着野兽,人比野兽更饥饿。这些被上帝遗忘的人,像是石头缝里长出的野草。到了马小明这一代,公路修到了乡镇上,他在十八岁那年春天坐着一辆拖拉机,再转客车,一路颠簸来到了钢城。

在阿尼卡,他是生长在瘦土上的草木,到了城市里,就被移栽到了石头上。幸好他当年遇到了老卡,有了一个可供吃住的地方。

西区这样的小地方,你只要在街头走上三个来回,大家就已经成了熟人。马小明受不了那种像看丧家狗般的目光,他带着周虹在街上走了一遍,拐上了高速公路边,走到岔路口,向左走到了田野里。这一带的地里种植蔬菜以及水果,但这个季节,都收获了,土地空着。一道水泥沟渠,向着田野更远处延伸。马小明说,在这里坐一会儿吧。周虹就在他身边坐下,看太阳一点点落下山去。

"天黑了。"马小明说。

"一天就这么过去了。"周虹说。

"狗日的老卡。"马小明说。

"怎么了?"周虹问。

"他看你的时候,眼神不对。"

"哪里不对?"

"看的位置不对。"马小明伸手去兜里摸索，好半天掏出一只打火机来，吧嗒一声打着，小小的火苗弱不禁风。

"他一直盯着你的胸看。"他说。

周虹沉默。马小明将手伸过来，搂住她的肩，她顺势倒进他的怀里。这样暖和了一点。马小明也跟着沉默下来，手却不消停，从周虹的衣服里伸了进去。周虹的身子扭动起来，一池春水荡漾开去，每一次漫上堤岸，她就呻吟一声。可是，马小明突然停了下来。

"怎么了？"周虹问。

"野外呢。"马小明说。

周虹坐起来，摸黑将胸罩褡裢扣上，将牛仔裤的拉链拉上。

"他看你的时候，你笑了。"马小明说。

"吃人家的，住人家的，难道让我把他眼睛剜出来？"周虹说。"用不着你剜，"马小明说，"你看，这是什么？"

周虹看不见。她伸手去摸，在马小明的手心里摸到一把冰凉的钥匙。

"哪里的？"

"捡的，"马小明得意地说，"可以当废铁卖。明天我就去捡垃圾养你。"

"你可别恶习不改啊，"周虹说，"是不是还想回大扁箐？"

周虹提到大扁箐，马小明的身体就颤抖了一下。他想起大扁箐的风，以及风中夹带的沙粒，直扑人脸。大扁箐是个劳改农场，建于 1957 年，四面绝壁，上帝造此地的用途，就是关押犯人。

"我答应过你的事，一定会做到。"马小明在黑暗中举起右手，"我这根手指可不能白丢。"

然后，他将那根残指塞进周虹的手里。周虹握住，俯下头亲了一下。

前几天在老卡那里，马小明的右手一直揣在兜里。这给老卡造成了游手好闲的印象。即便他将手从兜里拿出来，也是呈握拳状态，像是随时准备打老卡一顿。

"这三年，你去了哪里？"有天老卡问马小明。

"四处游荡，四海为家。"马小明说。

"你还和之前一样，不安分。"老卡说。

马小明没反驳，递了香烟过去，岔开话题。因为曾经相识，并且有过雇佣关系，马小明不说走，老卡也不好下逐客令。表面上看，这是老卡收留了他们，但实际上，他和周虹在老卡那里的三天，并没有闲着。他帮老卡送货，而周虹则是老卡家的免费用人。

"狗杂种，"马小明冷不丁地又骂了一句，"坏事做绝，可怜那些女工。"

"小葡萄吗？"

马小明心里咯噔一下。他告诉过周虹，当时饮料厂的门店上，有个姑娘长着一双葡萄般黑亮的眼睛。他下意识地去兜里掏烟，又掏了个寂寞。

"气温降了，"马小明说，"你需要加件衣服吗？"

周虹摇了摇头。跟此时的寒冷相比，明天的吃住更令她忧心。

"本来我想，找机会向他借点钱的。"周虹说，"毕竟你们相识，他不会见死不救。"

"你当他是慈善家啊？"马小明突然吼叫起来，一副要将她生吞活剥的样子，"我看你是真的穷疯了！居然想向这老畜生低头。难怪他看你时，你居然在笑呢。"

周虹浑身一颤，除了沉默，她别无他法。她不想在这个时候发生争吵。可继续沉默下去，她又觉得更冷。

"给我讲讲小葡萄吧，"她说，"你喜欢她吗？还是老卡喜欢她？"

"讲个屁。"马小明说，"别提她，老子心烦。"

"那你当时干得好好的，为啥要离开这里？"

"我不离开这里，会遇到你吗？"

马小明这样说，周虹的心里温暖起来。她将手塞进马小明的手里，轻轻地挠着。马小明奇痒难忍，握得更加用力。而另一只手，从周虹的衣服里伸了进去。

"我们怎么办哪？"马小明喃喃自语着，又停了手上的动作。

这个问题，周虹也问了自己若干遍。但她还是告诉马小明，天亮后就知道啦，车到山前必有路。

可是，他们并不知道离天亮还有多久。两人心照不宣地对峙着这黑夜。星星在天空闪烁，想必今夜不会有雨。马小明从随身携带的蓝色牛仔包里凭着手感找出了毛衣，给周虹披上。他不再席地而坐，而是蹲着，以此掩饰身体的颤抖。

"虹，"马小明顿了顿，"天亮后，你就走吧。"

"去哪里？"

"回家，"马小明说，"回去，找个人嫁了。"

"你让我回去嫁个农民？"

"我也是农民。"

"你跟他们不一样。"

"农民都一样，穷，苦，没有出路。"

"我愿意跟你一起受苦。"

"其实我骗了你。"

"啥？"

"很多事情，绝大多数事情，"马小明说，"我都是骗你的。"

"那你别再骗我了。"

"其实，我去大扁箐农场另有原因。"马小明说，"你想不想听？"

"你要是真的闲得无聊，去附近看看能不能捡点什么东西回来烧火，这鬼天气真是越来越冷了。"周虹说。

马小明站起身，风吹得他摇晃起来。这光秃秃的地里，哪有可燃物？但他还是决定碰碰运气。他走出几丈远后，回头看了一眼周虹。她蹲在黑夜里，缩成一团黑石头。马小明摁亮手里的打火机，护着小小的火苗朝前走。地的尽头是水渠，当弱小的亮光照见了树，马小明一阵欣喜。而这时手上传来灼痛，由于长时间燃烧，打火机快熔化了。马小明这才意识到，将火种保留下来，是目前最重要的事情。他不再使用打火机了，蹲在地上，慢慢让眼睛适应黑暗，直到周边的物体隐约现出形状。有树，就会有枯枝，他想，即使没有枯枝，能捡到一些枯叶也不错。他将手伸向地面，草叶冰凉。他继续摸，摸到了一根筷子粗的树枝和两片树叶。

"找到没有？"周虹在地的另一端问，"如果没有就赶紧回来，别走丢了。"

马小明没有回答，但咳嗽了两声。他已走进一块玉米地里，找到了玉米茬。这东西不易燃，但他由此物想到了玉米秆。在阿尼卡，玉米收获后，玉米秆被砍倒，收拢一处，用草绳捆起来，耸立于地里，作为牛马冬天的食物。

马小明果然在地边找到了一堆玉米秆。他摸了摸干枯的玉米叶，发出脆响，像火在熊熊燃烧。

当玉米秆点燃，火光升起时，他看到了周虹的脸已经冻红。两人对骑着火，身体渐渐从冰凉中缓过来。

"妈的。"马小明又骂了一声，"你看这城市那么多房子，可是没有一间是我的。"

"我们一起努力，一切都会有的。"周虹这话看似随意，其实充满坚定。

"努力个屁，"马小明说，"这个世界有钱人多的是，你何苦跟着我受罪？"

"我愿意。"

"我们像溺水的人，紧紧抱在一起，结果只能是大家都淹死，"马小明说，"我们现在唯一的办法是彼此放开，各奔前程。"

"我不！"周虹说。

马小明没辙了。之前他做过一次尝试，悄悄躲起来。但是当他看到周虹疯了似的哭着找他时，他心软了，两人抱头痛哭一场。

他们相识于三个月前。那时他刚从大扁箐出来。三年来，他给父母写过十封信，向他们悔罪和立誓，但没有收到一丝回音。所以，当他站在大扁箐外的路口，看着陌生的世界时，他完全不知道该去向何处。有一辆客车开过来，他上了车。六个小时后，他来到了周城。那是一个位于西南边陲的小县城，生活节奏慢得连空气都懒得流动。马小明发现自己又回到了从前的生活轨道上，茫然失措。他在车站门口的一家小吃店里点了一碗面条，吃完后才发现，衣兜已经被人划开了。

"我帮你洗碗，"他对老板说，"做服务员也可以。"

可那老板当他骗吃骗喝。食客和服务员开始围了过来。马小明心想，早知这样，还不如刚才一撒腿跑了。他不怕挨打，但怕因为一碗面条而受到羞辱。事后，马小明问周虹当时为啥要帮他，周虹说，因为我觉得你当时真的没钱了。

在空旷的田野里，马小明又想起了这件事，心被刺了一下。奇妙的是，周虹似乎感觉到了，她拍了拍他的背。

"别想那些过去的事了，勇敢一点，像个男人一样。"她说。

"如果没有你，我会更勇敢。"他说。

周虹低下了头。火光在他们面前跳跃。玉米秆不经烧，既不能过于浪费，又不能让火熄灭。满天的星星不会告诉他们，还有多久才天亮。

沉默是一口深不见底的井。马小明像条沉闷的鱼，将头伸出水面，吐了几个泡泡。

"哎，我们明天去煤山吧。"他说，"我下井，你在地面上，如果我活着，可以养你，如果死了，你也可以得到一笔钱。"

"不去。"周虹坚决摇头，"我说过了，饿死也不挖煤。"

钢城周边，到处是小煤窑。马小明曾经去煤山上的小商店里送过货。那些从煤井里爬出来的人，有的一丝不挂，胯间的家伙像个黑铃铛；有的只穿着内裤。他们唇红齿白地朝他笑。

"兄弟，别卖假货给我们，"那些挖煤者说，"我们都是死了没埋的人。"

"我只是个送货的。"马小明说。

那时的马小明想，反正人只有一条命，怎么使用这一口气则全看胆量。后来，当他游荡在一个又一个陌生的城市，他似乎找到了一条生路。西北方的兰州曾经给他带来好运，他躺在火车站附近的一个小旅馆里，想象自己某天带着神秘巨款，衣锦还乡。他要在家乡盖一栋房子，娶一个女人，生两个孩子（最好是一男一女）。在哈尔滨，他看到了有生以来最大的一场雪。他给父母写了一封信，并且寄了一张照片。他在信的末尾写道："我只想告诉你们我一切都好，我也不指望你们给我回信，过几天我就会离开。"过几天，他从东北一路西行，到达了西安。

当他坐上从西安开往昆明的火车时，他已经十九岁。他在火车上突然想起自己的生日。如果是在老家，他的母亲会在这天给他煮一个鸡蛋。他在火车上买了二十个茶叶蛋，对身边的人说，请你吃鸡蛋。别人警惕地看着他。今天是我生日，他又说。别人勉强接过，却连一声"生日快乐"也没有。但是没关系，他暗自庆幸终于逃离了土地和祖辈的生活轨迹。即使他活得像只老鼠，也是只轻松自由的老鼠。

眼下的饥饿让马小明想起了在看守所的日子。他原以为自己铁骨铮铮，没想到进去后立马成了软泥。血肉之躯哪里经得住钝器的捶打以及不给吃喝的审问？肉体的疼痛会麻木，但饥饿却像蚂蚁爬满肠胃，像干裂的大地遭受电闪雷鸣。

当玉米秆燃起的火焰矮下去后，马小明听到坐他对面的周虹肚子里发出了声音。

"我刚才看了，附近地里没有吃的。"他说。

周虹苦笑了一下。她想安慰马小明，却一时词穷。这个晚上，出乎了她的意料。她和马小明一样，生在乡下，被打工热浪裹挟着，稀里糊涂地离开了家乡。她说自己的祖先已经在那地方生活了一百年了，厌烦了，所以想出来碰碰运气。

"那你运气真差，遇见了我。"马小明说。

"是的。"周虹说。

但她指的并不是遇见马小明这事。每个人的内心里，都有一口深井，暗无天日。她只想自己的过去从周城车站门口的那家小吃店开始。在这个走投无路的夜晚，周虹靠着马小明，先是假寐，然后真的睡着了。她梦见阳光像碎金子撒满大地。

"狗日的老卡。"马小明一说话，周虹就醒了过来。

"怎么了，"她说，"天亮了吗？"

她睡眼迷蒙地看向远方，先前还亮着灯的地方现在已经一片黑暗。那几点既不能给她温暖，又不能照亮前路的灯火消失后，周虹的心像被寒露凝住了。她伸手往兜里掏，只掏出一团皱巴巴的餐巾纸。

"真的是身无分文了。"她说。

"我也是，"马小明放了几根玉米秆在火堆里，借着风势燃了起来，"这日子过不下去了。老子想杀人。"

"你又说这话，"周虹脸上露出倦意，但并未失去耐心，"你有杀人的勇气，却不敢面对生活的苦？"

"杀人是一时之勇，而生活却是钝刀割肉。"马小明说。他像是突然想起什么，看了看周虹，犹豫了一下，但终于还是问出口了。

"在周城，我们为什么要急急忙忙离开？"他挪动身子，离火堆更近了一些，"你说回头再告诉我原因，我一直等着。"

"我觉得现在还不是讲的时候，"周虹说，"等我们安定下来再讲吧。我们现在来想想天亮后怎么办。"

"我越琢磨越不对，"马小明说，"我们好端端的，突然就离开了，像是有千军万马在追杀一样。"

周虹出神地看着黑洞洞的远方。夜风吹来，燃烧着的玉米秆纷纷逃窜，马小明慌忙去追，周虹却一动不动地坐着。她感觉气温一下子降下来，浑身颤抖。她呼出的气中，带着食物消化后所发出的酸腐味。她闭紧了嘴唇。这时，马小明已经将那些被吹飞的玉米秆捡了回来，重新拢在一起，点燃。他满脸疑惑地看着周虹，显然没有忘记刚才的话题。

"你真的想知道？"周虹问。

马小明突发奇想，将一根香烟大小的玉米秆点燃，塞进嘴里使劲吸。烟雾透过玉米秆的芯子进入肺里，他开始剧烈咳嗽。"你说吧。"他的声音变得沙哑，眼角挂着被呛出的泪水。

"其实没什么好说的。更何况，有些事情根本说不清。你明白我的意思，对吗？"

马小明愣了一下，咳嗽声被强抑住了，但被烟雾刺激后的肺像只濒死的青蛙，顽强地抽搐着。他还在等着周虹的答案。而周虹却紧紧闭住了嘴。

"说吧，"马小明说，"哪怕是骗我也行。"

"人最重要的是现在和未来。"周虹说。

"现在是明天的过去，过去是昨天的现在，"马小明说，"你就当我们生活在昨天。"

"昨天已经过了，"周虹将手伸向火苗，烘烤了一会儿，说，"就像这玉米秆，昨天是被燃烧的部分，就快化成灰了。"

"撒谎你都不会吗？"马小明说，"我只是想要个答案，就这么简单。"

"我不会对你撒谎，也别想让我离开。"

"说啊！"马小明突然吼了起来，"你不说清楚，天亮就滚蛋！"

"嘘！"周虹将食指竖在唇边，让马小明别出声。

"你到底说不说？"马小明继续咆哮，像一头愤怒的公牛，"我给你最后一次机会！"

"小声点，"周虹说，"有人过来了。"

"你少他妈鬼扯，你到底说不说？"

"你看，那边，真有人过来了。"周虹颤声指着一个方向说。

马小明半信半疑地顺着周虹的手指看过去，看到了两团移动的亮光。在距离他们三四百米远的地方，有两个人正朝他们走来。一道亮光在探路，另一道已朝他们射了过来。那亮光在空气中晃了几下，随即响起一个人的声音：谁？谁在那里？

马小明和周虹没有回答，亮光越走越快，声音也越来越大。——谁他妈在那里？干什么的？

"咋办？"周虹问。

"别怕，有我在。"马小明说。

他伸手摸向兜里，但并未如愿摸出一把刀来。他告别出入袖刃的日子已经有一段时间了。马小明注意到，在火光照亮的地上，有几个拳头大小的石头。手电筒的光越来越明，将两人笼罩住了。马小明下意识地替周虹挡住了光，而那两道亮光直射着马小明的眼睛。

"你们是干什么的？"那两人来到马小明和周虹面前，手电光分成了两道，一道继续射着马小明的眼睛，一道罩住了周虹的胸脯。

"请把手电筒关掉。"马小明不慌不乱地说。但这话并没有取得任何效果。

"你们是哪里人？"用电筒光射着周虹的那个人问，"半夜三更在这里干什么？"

"我再说一遍，请把手电筒关掉，"马小明沉着脸说。

那两人对视了一下，马小明眼前的光熄灭了。

"请你也关掉手电筒，"马小明又说，"如果有人这样对你女朋友，你一定不舒服。"

此刻，马小明仍然看不清眼前这两个男人的面孔，但能感觉到他们的个子明显占优势。

"现在不刺眼了，说吧。"那人将熄灭的手电筒在空中划了一下，指着马小明说。

"请你的朋友也关掉手电筒。"马小明说，"这样对我女朋友，是在侮辱我。"

"好，给你个面子！"那人关了手电筒，玉米秆燃起的火苗在夜风中小心翼翼地伸直了腰。

"我们哥俩没别的意思，"站在马小明面前那人说，"打麻将到现在，输得身无分文，刚好遇上兄弟你在这里泡妞。你明白我的意思吗？"

"我当然明白，"马小明说，"不过真对不起二位了，我们也是走投无路，才在这野外过夜的。二位运气不好，想打我们的主意找错人了。"

那两人愣了一下，继而发出一声冷笑。马小明的话软中带硬，让两人摸不清底细。

"兄弟这样说，就不厚道了，"其中一个人又将手电筒打开，射向周虹的胸部，说，"你再走投无路，还有女朋友，而我们哥俩呢，早已赌得妻离子散了。"

"如果要比谁更悲惨，那二位输定了，"马小明扬了扬手，露出断指，"你们能想象砍掉手指是什么感觉吗？我告诉你们，一点都不疼！"

"少跟他废话！搜！"那个用手电筒射着周虹的家伙突然火了，一步窜到周虹面前就要动手。

"你敢！"马小明一声咆哮，"你要是敢动她，我会用一辈子来报仇，你信吗？"

那只伸到半空中的手停了下来，愣了一下，突然掉转方向朝马小明伸过来，抓住了他的衣领。

"威胁我是吧？"那人说，"那就让我们看看你到底有多狠！"马小明使劲甩开那只抓他的手，退了一步，将周虹挡在身后。

那两个人还没有反应过来，马小明已经从地上抓起了两块石头。

"来吧，"他说，"既然大家都走投无路了，都想死了，那就拼个你死我活吧。但是，别想在我活着的时候看到你们欺负她。"

马小明拉着周虹退了几步。这个距离，足以让他能够准确有力地将石头砸在任何一个扑上来的人身上。

"大家都是穷途末路，如果想试试你们的脑袋和石头谁更硬，就过来吧。"马小明说，"反正这日子，和监狱里也没什么区别。"

那两个人相互看了看，都在等着对方迈出第一步。但是，没有一个人敢上前来。而马小明已经举起了手中的石头，随时准备砸烂他们的脑袋。

火苗在风中跳跃，不远处的公路上，车辆呼啸而过的声音更密集了。即使没有钟表，没有任何时间参照，马小明也知道，天就快要亮了。他握紧了手中的石头，盯紧了眼前这两人的一举一动。但是，他等来的是这两人转身，骂骂咧咧地走了。

待两人消失后，马小明终于如释重负地扔下了石头。周虹从身后紧紧将他抱住，哭了起来。

"没事了，"他说，"他们走了。"

"我刚才吓傻了。"她说。

"我们除了命，一无所有，怕什么？"他说。说到这里，两人轻叹一口气，又沉默了。

火苗在微风中跳跃，如果风再大一点，火就要熄灭了。马小明想伸手去护火，狂风却真的刮了起来。打着旋儿的风，像一只发狂的妖怪席卷过来，不偏不倚地落在了火堆上。那风像把刀子，瞬间斩断了火苗，并将它撕得粉碎，化为点点火星。待风声远去，世界回到了最初的黑暗。

风吹动远方的山冈，群山奔腾。不远处的高速公路上，车灯像流星划过天际。马小明走过去抱住周虹，两团黑影合二为一。他们相互抱着对方，像溺水者抱住漂木。

"我们一无所有，还怕什么呢？"马小明说。

"我们什么都不怕。"周虹抱得更紧了一点，像要将他塞进自己的身体。

"我们真的太穷了，"马小明说，"穷得像两只老鼠。"

"但至少我们还活着。"周虹把两个乳房紧贴着马小明。

马小明感觉到了。他的喉咙里发出咕噜声，口水涌上来，又咽下去。他的胃瘪得像张迎风的帆，整个身子变得又薄又轻。又过了一会儿，周虹松开右手，朝他腰下滑去。她握住了他刀一样的地方。这刀，突然将这缎子样的夜晚划成了两半。一半沉入大地，一半冉冉升腾。

要么溺死，要么奋勇上岸。

热气在马小明的体内汇聚，然后蔓延开去。他的右手从她的背上游过去，并且伸进了衣服。细小的金属褡裢在他手里轻轻一捏就散开，迎刃而解。风吹着她裸露的背，她战栗不已。潮气一阵阵袭来。他让她转过身去，从后面抱住了她。他褪下自己的裤子，寒气立刻包裹住了双腿。但他迎风挺立。

"活着，"他恶狠狠地说，身子向前挺进，"活得像个男人。"

"活得像个巨人！"周虹说。

她身子前倾，呈一个钝角。她感觉到马小明的手在空中划了一下，随即听到不远处响起丁零一声。

"是什么？"她问。

"老卡家的钥匙。"他说。

此时，这钥匙只在他的脑海里存在了一秒。风吹着身体。他加快了运动。

"我爱你。"她喊叫道。

"我爱你！"他喷涌着说，"天亮后，我们就离开这里。"

他的身体已经变成了一座火山，岩浆沸腾，地动山摇。他像一只奔跑中的豹子，穿过丛林，耳畔风声大作。他们合二为一，飞翔起来。世间所有的事情，都从脑海里隐退。

他们甚至忽略了，正悄悄降临的晨光。

生日快乐 |

一头牛，能否感知自己的生死？若不能，那它为何从头天晚上就开始拒绝吃食而只喝水？它这么做，分明是为了让自己的肠胃里更干净。毕竟人们吃牛肉汤锅时都喜欢加牛杂。它来自三十公里以外的屠宰场，价值一万两千元。它来到这里，只是换了个死亡的地点。

现在，有人打开了圈门。轻轻一拉鼻线，牛就顺从地跟人走了出来。它再也不用呼吸那腐烂的干草和粪便的气息，阿尼卡春日早晨的空气中，有细腻缠绵的桃李花香。屠夫一手抓住鼻线，腋下夹了一口青幽的刀，一手提着铁锤。有人打开了院门，侧身让屠夫和牛经过，然后跟在后面看热闹。人们对这头膘肥体壮的耕牛的死充满好奇。有人用揶揄的口气问，是否需要把牛的四条腿绊住，让它倒地后再杀？还有人说，如果没本事杀牛，不如干脆推下悬崖，等着剐肉即可。那屠夫嘴上叼着香烟，脸上挂着一副"等着瞧"的表情。他牵着牛走到屋外的开阔地上，吐掉嘴上的烟蒂，手中的锤子突然划了一个弧线，准确地砸在了牛的脑门上。众人一愣。屠夫丢下铁锤，扛刀在肩，从牛脖子下走过。牛脖子瞬间就被豁开一半，像血红的太阳喷薄而出。那牛轰然倒地，只伸了伸腿，没有叫出一声。

"现在，该你们了。"屠夫对那些等着看笑话或开肠剖肚的人说。

他的语气平静，没有露一手后的炫耀。他连锤子和屠刀都没捡，转身回到了院里。

三分钟以后，院里传来猪叫声。五分钟以后，一头羊也在"咩"声中毙了命。

"现在，该你们了。"屠夫仍然这么说。

屠夫来自县里的屠宰场，死在他刀下的猪牛羊马不计其数。他的心里装着若干种屠宰法，他当然明白眼前这些家伙是少见多怪。现在，任务已漂亮完成，他又点了一支香烟，叼在嘴上，任它燃烧。眼前这幢小楼，仿古的，砖木结构，二楼的木窗半开着，有点像《水浒传》里的某个镜头。

朱丽就站在那扇木窗后面。她听到人们在赞扬屠夫的刀法，便知杀生已经结束。她看了一眼镜子里的自己，深蓝色套装，白衬衫，乌丝盘髻，淡妆。她今年三十岁。如果仔细看，她笑起来时，眼角有两条浅浅的皱纹。但自从回到阿尼卡，她就轻易不再给人笑脸。我为什么要笑呢？她想，老娘笑够了。老娘从十八岁到三十岁，把一生的笑都用光了。

屠夫看到朱丽出现在二楼的围栏后面。他朝她笑着，挥了挥胖嘟嘟的手。

"好了吗？"朱丽问。

"一刀一个，满堂红。"屠夫说。

朱丽扶着围栏从二楼走下来，递给屠夫一个红包。屠夫问是否需要带她去看看那头杀死的牛。朱丽说不用，她怕血。院子里，人们正在忙着给肥猪褪毛，或用汽油喷灯烧羊。煳味弥漫。太阳刚从对面的山头冒出来，红红的，也像是被人宰了一刀。

"那我就不留你了。"朱丽委婉地下了逐客令。她随即想起这不符合阿尼卡人热情好客的传统，但话已出口，就又补充了一句："谢谢你。"

屠夫有点意犹未尽，他还没尝到一口亲手宰杀的肉。他捏了捏兜里的红包，抹去了心里的遗憾。

"那我走了，生日快乐。"屠夫说。

他有一辆油腻腻的摩托车，停在院子外面。他骑上它，像在驯服一头倔强的公羊一般突突突跳着离开了。

眼下正是春天。准确地说元宵节刚过，正月十七。人们还没有从节日的慵懒中走出来。想想一年的农活，真让人头皮发麻。春节像一场骗局，麻将还没打够，酒醉还没醒，可是，农活就要接踵而来。

三十岁的朱丽，要给自己过生日。不是低调地请三五好友吹蜡烛，而是在阿尼卡轰轰烈烈地办一场。这事，阿尼卡的人都听说了。阿尼卡人办生日宴，有规矩。从六十岁开始，满十办。如果父母健在，则一百岁也不办。听到这个消息的人张着圆圆的嘴，将一些话摁在了肚子里。他们只说：谁会去参加一个年轻女人的生日宴呢？更何况，这个人是朱丽。

第一个反对的人是朱丽的父亲朱万坤。他先是一口否决，见朱丽态度坚决，又变得苦口婆心。最后，他不得不一拍桌子，怒吼：要过这个生日，等我死了再说。

"我就是要办，咋啦？"

父女俩争得面红耳赤，不欢而散。他们已经三天没说话了。朱万坤躺在床上，绝食一天后，换了一种方式：喝酒。朱丽一次次走到床前，看看，又默默走开。

朱丽去了县城。那里有她办生日宴所需要的一切东西。酒席承包给了酒楼，厨师们毕业于某个天天在电视上打广告的职业技术学校。屠夫和帮忙开肠剖腹的人，来自冷冻厂。摆席用的桌凳，也由酒楼提供。换句话说，即使阿尼卡没有一个人来帮忙，也毫无关系。

中午时分，牛羊猪已经被大卸八块，十来个刀工每人拿一块肉，摊放在案板上切。那嘈嘈切切的声音，让人听得毛骨悚然。跟阿尼卡人相比，这些刀工的刀是多么锋利，手法是多么纯熟，每一坨肉都切得大小均匀。帮厨的妇女动作麻利，正在水龙头下哼着歌清洗蔬菜和佐料。

朱丽插不上手。她跟切肉的刀工说，小心手指，别切掉了。她跟厨房的妇女说，这菜里没虫，是打过农药的。她几乎跟每一个在场的人都说了话，最后她又回到父亲的床边。

"不管你同不同意，都已经准备好了，"朱丽说，"你总不能让我把这些东西全倒了吧？"

"那你等着成为一个笑话吧。"

朱万坤仰面躺在床上，闭着眼睛，呼吸因生气而急促。他想不明白，为什么一向听话的女儿，突然要做这么一件招人咒骂的事。他已经不止一次从别人嘴里听到关于朱丽的弦外之音。

"你命好，生了个能轻松赚钱的女儿。"

朱万坤向朱丽打听过她的工作，她回答得云淡风轻："做生意呗。"

"啥生意？"

"反正没偷没抢。"

做父母的，总容易相信子女，这出于一种期待和莫名的自信。朱万坤很自然地和女儿站在了一起。当然，他并不傻。他一边催促女儿结婚，一边劝她低调行事。所以，当朱丽花五十万块钱在阿尼卡盖了这栋惹人忌妒的乡村别墅时，父女已经发生过一次争执。

朱丽十八岁离开阿尼卡，一直生活在二百公里外的渡口。渡口在长江上游，是一个为煤矿而建立的城市。据说在那里，随便朝街上扔个石头都能砸中一个富翁。前些年，阿尼卡的年轻人蜂拥去煤山，直到有人死在井下，才断了他们发财的念想。有人说在渡口见过朱丽，但拒绝透露具体的场合。前些年，朱丽的母亲过世了。从那时起，她每年回阿尼卡一次，在过年时。

十二年，一个轮回。朱丽出门之时，新千年正在来临。

那时人人都在幻想未来。也确实如此，世界发生着巨变，阿尼卡也不例外。朱丽也不例外，她眼角的皱纹就是证明。

现在，她把脸凑在衣柜镜子前，眯上眼，皱纹像投下石子的湖面。然后，她后退一步，坐到床上，听楼下的动静。牛羊猪肉已经切好，蔬菜佐料已经备好。有人拉开桌子，在打扑克。外面响起了汽车喇叭声，朱丽的电话也随之响起。

烟花到了，整整一车。两个小工汗流浃背地来回奔跑着，搬运了将近四十分钟，总算将那些烟花整齐地码在了院子里——占去了一半的空间。

"请大家注意一下烟火。"朱丽说了好几遍，以确保每个人都能听见。

有人发出啧啧之声。朱丽不知该如何回应这声音。她一回头，看见父亲站在大门口，瞪着一双通红的眼睛。他喝得太多，整个人虚脱了，扶着墙才能站住。朱丽叫了一声爸，并没有得到回应。朱万坤扶着墙去了厕所。朱丽凑到了牌桌上。她喜欢听他们一惊一乍的输赢之声。她给这些忙了一天的人泡茶、倒酒、发烟，告诉他们，大家放开玩，放开喝，最好是通宵达旦。

"谢谢你们。"

她一遍一遍地说，发自内心。有人向她道生日快乐。朱丽道了谢，快乐与否只有她自己知道，但这生日却一定要过的。

三十岁告别渡口，在阿尼卡为自己过一个生日，这不是朱丽心血来潮的决定。至于这个想法始于何时，她记不清了。如果不能以这样的方式告别，她会选择另外一种更轰轰烈烈的方式：自杀。当然，那是之前的想法。现在，她很高兴自己不用选择那么极端的告别。渡口像个黑窟窿，朱丽一头扎进去，没了身影。当她再出来时，她希望告诉别人，自己还是朱万坤的大女儿，跟阿尼卡的其他女孩一样。

她努力使用阿尼卡方言跟人讲话，努力让自己变得朴素一点。她的衣柜里空空如也。在离开渡口时，平时穿的衣物都已送人。她为这个生日准备了三套同样颜色和款式的套装，这让她看起来像是在某个通信公司的员工。

正月十八，万事俱备。春风和阳光刚好抵消，不冷不热。早起的朱丽躲去车里抽了一支烟。她准备戒烟了，正在慢慢减少吸入量。停车场上停着她的奥迪轿车。这辆车曾是阿尼卡人议论的对象，他们说她开着一辆安了四个节育环的车。

朱丽站在停车场前，望向这个她已经不再熟悉的村庄。那弯曲的白带子似的水泥路，是她曾经的上学之路。而沿途的那些人家，都已经变了样。炊烟飘荡在阿尼卡的上空，有人在地里热火朝天地干活。偶尔有摩托车在公路上飞驰。

"现在还早，别人要吃完早饭才来吧。"

朱丽自言自语，自我安慰了一番后，决定不再被动地揣测别人，而是主动去村寨里看看。她推开了一家人的大门，男女老幼五口人正在吃饭。见到朱丽，男主人站起来热情招呼，女主人已经找来了碗筷，邀她一起吃饭。朱丽递了香烟过去，男主人接了，塞到耳朵后面。她不便久留，并为打扰而致歉。但对方的热情让她有些不习惯。男主人已经让出了座位，女主人拽住朱丽的手。朱丽心里掠过一丝寒意，脸上的笑容有些僵硬。

"今天正月十八了。"她说。

"是啊，是啊，"男主人说，"管他啥十八十九的，饭总是要吃的。"

朱丽笑着，挣脱女主人的双手，逃走了。她又到有人干活的地里，到有人打牌的乡村活动室，所有见她的人都很热情，她一次次告诉他们，今天正月十八啦，但似乎没有一个人明白她想表达什么。

朱丽后悔了。不是后悔做这件事，而是后悔前几天没有一家家上门送请柬。这也是阿尼卡的规矩，办酒席只正式通知远亲，近邻靠口头传播。她遏止住去村公所找人用广播通知的想法。她宁愿相信是别人没有得到任何消息。

走在新修的公路上，朱丽听到身后响起汽车的引擎声。她回头看了看，是一辆黑色大众轿车。她看不清车里的人，对方却看见了她。

"朱丽。"车里的人摇下车窗叫她，但她却无法叫出对方的名字。

"我是王小强。"那人说，见朱丽仍没有想起来，又说，"我是那时候天天给你写信的王小强啊。"

朱丽记得这名字，但是，无法想象王小强已经变成了眼前这样。瘦小的王小强已经变成了矮胖的王小强。

"十二年没见了,"朱丽说,"你这是要去哪里?"

"来给你老人家祝寿啊,"王小强笑着,指了指汽车后排座,"喏,蛋糕都带来了。"而真正吸引朱丽的,是蛋糕旁边的那束玫瑰。进屋后,她将花摆放在了客厅的桌子中央。

一种陌生感带来的客气横在两人中间。递烟,削水果,泡茶。忙完这一切,朱丽和王小强坐在客厅里,相互看着,微笑着,实在不知要聊点什么。朱丽不知该把王小强当稀客还是当同学,但是,不管当什么,他们之间都很难找到共同的话题。

沉默是一种退让,其他的声音乘虚而入。就连院子里甩扑克的声音,牛羊肉在锅里沸腾的声音,都被放大,变得不可忽视。那些声音像一条线,紧紧拽住朱丽神游的思绪。所以,当王小强突然开口时,她吓了一跳。

"听说你不去渡口了?"

"是的,"她说,"老了,累了。"

他们又说了些男女年龄对比的废话,无聊至极。这样的对话像把钝镐,一直在试图凿开冰面。然后,王小强不得不换了一个话题。他问起朱丽的父亲,说还记得那时候他每个月去学校看朱丽,总是穿一件旧军装。朱丽告诉他,那其实是一个退伍的亲戚送给他的旧衣服。

之后,两人去了停车场。那里空旷,无人,温煦的阳光下,连鸟叫声都慵懒得有气无力。但朱丽觉得呼吸更顺畅了一点，她深呼吸，以便不要显得那么坐立不安。王小强给朱丽的父亲带了烟和酒，但朱丽谢绝了。

"千万别给他烟和酒，他已经醉得快起不来啦。"

朱丽说起她和父亲的争执，以及她眼下面临的尴尬。她不说，王小强也看出来了，在座的人，要吃完这头牛，至少需要三天的时间。他也大概明白，阿尼卡人为什么不来参加这场生日宴。

王小强有三个厂。一个土豆片厂，一个核桃乳加工厂，一个酒厂。他掏出手机走到一旁去打电话，过一会儿回来告诉朱丽，搞定了，放心，五百人随时待命，不会让她的酒席剩着。

"其实，我也不在乎有没有人来，我只是想为自己举办个生日宴而已。"

"我懂，一个仪式嘛。"

两人的谈话被中巴车的喇叭声打断。是县文工团的歌舞演员们到了。朱丽向司机招手，王小强指挥着停了车。歌舞演员们下车时，王小强变得像个主人，握手，发烟，帮忙搬设备。朱丽在一旁看着，心生感动。于是，她给文工团的人指定了舞台位置，趁他们搭台的间隙，又和王小强回到了车上。没有比车里更适合的地方了。她很奇怪，似乎内心突然变得轻松起来。

"没结婚吧？"副驾上的王小强问。

"当然没有，"朱丽说，"你呢，孩子多大？"

"五岁，离了。"王小强说得轻描淡写。

朱丽没追问王小强离婚的原因。这些年，她听了太多男人在她面前痛诉前妻的种种不是。他们一个个装得像受伤的天使，但嘴里吐出的刀子和利箭，让那个已经离开的女人万劫不复。

"我们回去吧，"朱丽说，"看歌舞团的人搭台。"

舞台搭在大门口，铺上了红毯。红色的背景上，是一个金黄色的"寿"字。王小强建议把背景换一下，歌舞团的人说只有这个。王小强用手机拍了朱丽的照片，发给他在县城的朋友，三个小时后，有人送来了朱丽的喷绘照。这背景比之前要好看多了。歌舞演员开始调音、彩排，假装台下有万千呐喊挥手的观众。

这期间，朱万坤因为无法忍受院子这炸弹似的音乐，起来了。王小强眼尖，趁机将他拉住，做了自我介绍。

"我认识你，在电视上见过，"朱万坤说，"没想到你和朱丽是同学。"

"我们是好朋友，"王小强强调。他不顾朱丽的反对，从后备厢里取了烟和酒送给朱万坤。朱万坤对朱丽有气，但王小强是客人，他没有生气的理由。王小强又低声对朱万坤说他已经做了安排，保证不会冷场的话。于是，朱万坤这才吃了饭，换了一身喜庆的衣服，坐到客厅里看起了战争片。

外面响起了爆竹声。朱丽安排的负责燃放爆竹的小伙子早已等得瞌睡，这时总算等来了机会。主宾之间，开始用爆竹对话。而事实上，来的只有一人。此人留一头长发，一把大胡子，看上去与众不同。

确实，这是个诗人。渡口第一诗人，十年前，他和朱丽刚认识时，就是这么说的。这诗人除了打扮得比较讨厌以外，还算是个好人。他们一年见面五六次，一般是朱丽去找他。在江边的一幢青色楼房里。他最初用座机联系她，后来是手机短信，后来是微信。

朱丽没想到诗人会来。她和他握了握手。

"生日快乐，"诗人说，"看到你的朋友圈消息，我就想，无论如何也要来祝贺一下的。这路还真有点远。"

"三百公里。"朱丽说，她不知道这距离是远还是近。她向诗人介绍王小强，两个男人握了一下手，并没有太多的话。然后，朱丽又向父亲介绍了诗人，朱万坤对那蓬头发和胡子没有多大兴趣。

"哦，诗人。"他说。

"写诗三十年了，出版过三本诗集。"诗人说着，从包里掏出一本书，签上一个无法辨认的名字，递给朱万坤。

"这是我刚出的诗集。"他说。诗集叫《爱情万岁》。朱万坤接过诗集，放到了沙发的扶手上。他对诗歌没意见，因为他不识字。

随即，诗人掏出一个黑色的小相机，拍起了朱万坤的肖像。

朱万坤转过脸看电视。朱丽和王小强沉默着，并且不时交换眼神。直到诗人起身去院子里，拍歌舞演员，拍为酒席做准备的人，两人才又开始说话。

"这个人有点意思。"王小强说。

"一个朋友。"朱丽说，"我没有请他，是从我微信朋友圈看到消息的。"

"他洗一次头，估计需要半瓶洗发水，"王小强说，"而他的胡子，吃饭时需要特别小心，不然，胡子上蘸的饭粒够一个人吃饱了。"

两人笑了起来。笑过后，还不过瘾，继续讨论这个诗人。

"这号人只能出现在渡口，"王小强说，"我们乡下出不了这种怪物。"

"他倒也不坏，只是有点自以为是。"朱丽递了一支香烟给王小强，起身给他的茶杯里续了水。

"要不，放几个爆竹听听吧。"朱丽说，"这气氛太闷了。"

诗人自告奋勇去燃放爆竹，用一支即将燃到尽头的香烟。他抖抖索索的样子有几分滑稽，像个胆小的孩子。他一共试了三次，前两次都被朱丽嘴里发出的爆炸声吓退了。而王小强觉得诗人是故意的，以此逗朱丽开心。

爆竹名叫惊天动地，二十四响，在湛蓝的天空炸开，回荡在山间。乌鸦、喜鹊和麻雀，从树林里飞出来，逃向了远方。每一次炸响时，朱丽的心都会颤抖一下，但她很快又期待着下一声爆炸。仿佛她的心里藏着一头怪兽，只能以这样的方式来驱散它。朱丽还想继续听响声，但这时来客人了。

朱丽一眼就认出了宽老大的车。她愣在原地，没有第一时间走去招呼客人。倒是王小强，他已经做好了掏香烟的准备。宽老大慢腾腾地从驾驶室里挪出自己那堆晃荡的肥肉，脖子上的金链子在太阳下闪着光。他哈哈笑着，朝朱丽走了过来。

"我还在山下就听见了爆竹声，是欢迎我的吗？"

"宽老大来，必须敲锣打鼓啊。"

朱丽笑着伸出手，和宽老大握了一下。宽老大皱了一下眉，嘴角挤出一丝笑。朱丽向宽老大介绍王小强和诗人，三个男人象征性地握一下手，他们在称呼彼此的时候有一种明显的嘲讽：宽老大叫王小强为大企业家，叫诗人为大诗人。

"但我是一个粗人，"宽老大说，"没文化，也没钱。"

宽老大进了院子，打量着眼前的别墅。朱丽站在他身边，保持着大概一米的距离。王小强站在朱丽的另一边，紧挨着。诗人在朱丽身后，他此刻对头顶的天空产生了兴趣。按了几次快门，说这天空蓝得像大海。

"挺好的，"宽老大说，"挺好的，这跟我想象的差不多。"

"嫂子和边边，怎么没带着一起来？"朱丽问。

"啊，"宽老大牙疼似的哼了一声，"这房子是你们村最漂亮的了吧？"

"屋里坐，喝杯茶吧。"朱丽说。

朱万坤已经换了电视频道，但看的仍然是战争片。朱丽不在家的日子，他主要靠电视剧打发时间。他抬头看了一眼来客，报以礼貌一笑，继续投入到了剧情中。

"宽哥，你喝普洱茶还是绿茶？"

宽老大说随便。此时，他看起了朱丽家客厅墙上的装饰，一幅批量生产的名画《抱银鼠的女子》，一幅书法作品写的是"上善若水"。还有一个相框，里面是朱丽一家几十年来的照片，有黑白照，也有发黄的彩照。宽老大指着一张旧照片问，这里是不是渡口的金江公园？朱丽说，是金江公园里的那个亭子。宽老大笑了笑。

站在镜头后面的人，正是他。

此时，朱丽坐立不安。她不关心身边这三个男人是如何的阴阳怪气，她的心里有一条路。那条路不远，就在屋外。

"你们坐着，我出去看看。"她说。

王小强抢先跟着朱丽走了出来。院子里，饭菜的香味飘了出来。除了停车场，没地方可去。

"三点了。"朱丽说。

王小强"嗯"了一声，看看手表，又看看朱丽，似乎有话要说。

"这个宽老大，是我的朋友。"朱丽说。

"人如其名，"王小强说，"他的汽车轮胎磨损一定很严重。"

"他来了也好。"朱丽说。

"还有人来吗？我指的是，你在渡口的朋友。"

"应该没有了。"朱丽这话说得底气不足，听起来像是祈祷。

此时，太阳变成一只巨大的时钟，让朱丽无法忽视。它每向西走一步，朱丽的心就高悬一分。她明显感觉到了自己的心惊肉跳。之前做好的心理建设，随着时间的推移正在慢慢塌陷。

"我想，他们也不会来了。"朱丽说，"阿尼卡的人。"

听了这话，王小强伸手去搂朱丽的肩，仿佛她此刻正耸动着肩膀哭泣。但其实她整个人都是木的。或者说，从某一刻开始，她就忍住悲喜，默默承受。

王小强掏了手机出来，拨通后对那端说："你们现在可以出发了，按我说的办。"

他挂了电话转过身来，见朱丽的脸上挂着一丝苦笑。于是，他改变想抱她的想法，而是拍了拍她的肩。

"没事了，有我在。"他说。

但这话并未让朱丽放下心来。中午过后，她就变得手足无措。她走走停停，坐立不安。她一会儿去看沸腾的牛羊肉，一会儿去尝尝其他配菜，一会儿独自钻进车里，打开电台，一片杂音。三个男人跟在她后面，没人说话。

直到山下响起爆竹声，朱丽的魂魄总算归了位。密集的爆竹声响彻阿尼卡上空。运载爆竹的货车前面，是六辆大客车。燃放完的爆竹桶，排列在水泥路边，像是一道道未达标的防护栏。车辆行走得很慢。阿尼卡的猪们被爆竹声惊醒，哼哼着，却始终没法跳出圈门。鸡们扑着翅膀躲进丛林，对它们来说，这不明的爆炸声，等同于鹰掠过天空时划过大地的矫健身影。狗们用叫声对抗着，但很快发现那响声对主人家并无威胁，于是继续蜷缩在大门口，睡觉。

人们从家里走出来，打开门，看到村中的公路上驶过大客车，听到震天响的爆竹声。他们都张大嘴，发出了同一个音。

哦。

朱丽那边也开始燃放爆竹。负责点火的年轻人手忙脚乱。和对方相比，他显得势单力薄，他的响声不时被对方盖过。但是，在外人听来，宾主之间的爆竹声是融为一体的。鸟兽四散，群山回响，纸屑纷扬如雨如雪。

朱丽的脸上，终于露出了一丝笑容。诗人和宽老大张了张嘴，没出声。王小强正在和车队领头的司机通话，"一直朝坡上开，最高点，听到欢迎的爆竹声了吗？"他挂了电话，回过头，见朱丽正看着自己笑。

"搞定了，"他说，"这下你可以放心啦。"

说话间，第一辆大客车已经抵达，王小强忙着指挥停车，并且招呼来客。

院子里突然变得拥挤起来，有了生日宴的样子。人声喧哗。人们围坐在桌边，在酒菜上来之前，先玩起了扑克。大约有二百人。他们需要分两轮吃饭。现场没设礼簿。有人要给朱丽红包，但她拒绝了。

"我就是借此机会想摆几桌酒席，然后跟大家说几句心里话。"

这时，王小强回到了朱丽身边。他刚才去和歌舞团的主持人对接演出节目。他听了朱丽的话，便问她是在吃饭的时候上台讲话，还是饭后。朱丽想了想，决定在饭后上台。

"那时候天应该黑了。"她说。

朱万坤看到院子里人头攒动，终于放下心来。他背着手，出去巡视了一遍，没有对这场酒席的备办再提出什么异议。他回到客厅里时，又一部新的抗日剧开始了。

离开席还差半个小时，朱丽又一次站在门外眺望。坡下的村庄里，已经有人开始做晚饭了。太阳像个果子，已经成熟，红透，就要落下。朱丽想哭，但原因不明。此时的王小强坐在院里的桌上，正和他的员工们打成一片。他们在玩一种叫"斗牛"的赌博游戏。因为不用上班，员工们都很开心。笑点变低了，谁随便说句话，都能让他们哄笑。宽老大和诗人都对这种热闹不以为然，便远远地跟着朱丽。

"你不用看了，"诗人说，"他们不会来啦。"

"屋里太吵了，我出来清静一下。"朱丽说。

三个人就这么看着坡下的村寨，脑海里，想的都是在渡口的时光。

开席的时候，宽老大、王小强、诗人和朱丽坐一桌。朱万坤坐上席。王小强厂里的两个主管坐在了下方。

酒楼的服务员端着菜飞奔，穿梭于桌子之间。上菜的时候，礼貌地说"对不起，打扰一下"，不像阿尼卡的年轻人，他们端菜上桌时，总是粗鲁地高喊，"让一下，油来了"。

酒随便喝，烟每人一盒。主菜是牛肉和羊肉，猪肉只用作配菜。

王小强朝调音师做了一个手势，《生日快乐》旋律响起。一个顶着飞机头的穿着白色西装的男歌手上台，闭着眼，轻轻哼着。台下，王小强的员工们全都站了起来，他们高声唱："祝你生日快乐，祝你生日快乐。"

所有人都唱了起来。除了朱万坤。他嗫嚅着嘴，眼眶湿润，始终没开口。

歌毕，掌声起。掌声歇下去，酒已经斟满。一个穿红色长裙的主持人上台，她要大家举起幸福的酒杯，共同祝福朱丽小姐生日快乐。

宽老大率先举起了杯，对朱丽说："朱丽，生日快乐。"他一口干了，监督着朱丽喝。朱丽说："谢谢宽哥，今后你在渡口待厌烦了，就来这深山老林里看我。"这时诗人抢了话头，他说："这不叫深山老林，叫世外桃源。晋代大诗人陶渊明，你们晓得不？他写过一首诗，我给大家念其中四句：少无适俗韵，性本爱丘山。误落尘网中，一去三十年。跟陶渊明相比，你很幸运，才离开这个地方十二年。所以，来，干杯。"

"祝你生日快乐。"诗人得意地笑着，干了。

紧接着，王小强端杯起身。他先敬的是朱丽的父亲。朱万坤其实一直有醉意，只是他极力控制着。他想站起来，却被王小强摁住了肩膀。

"叔，我敬你一杯，"王小强俯身和朱万坤碰了一下杯，"这杯酒一是祝福，祝叔身体健康，二是感谢，感谢你养育了朱丽，让我们多了一个这么优秀的好朋友。"

朱万坤一时语塞，他闷头喝完杯中酒，沉思了一会儿，终于说了一句："大家多吃菜，酒适量就好。"

舞台上，一男一女带着一个小演员登台，他们唱《吉祥三宝》。那孩子只有七八岁的样子，正在换牙。他报幕时朱丽发现他的门牙掉了两颗。他朝朱丽笑，说祝朱丽阿姨生日快乐。朱丽想起一件过去的事。十年前，她在渡口怀过一次孕。唯一的一次。第四十天，她走进江边的一家诊所，买走了药物。那是夏天，暴雨如注，江水隆隆。朱丽躺在江边的出租屋里，汗如雨下，她的身体里，药物正在绞杀着她和某个男人的孩子。她想，如果那个孩子活着，应该也是小演员这般大了。

"朱丽，"王小强端着酒杯说，"你要好好的。"

"朱丽一直都很好。"宽老大说。

"是吧？"王小强举了一下杯，意味深长地说，"那就感谢宽总的关照了。"

朱丽站起身，走到舞台前，朝正在谢幕的小演员招了招手。那孩子大大方方地走过来，想要跟朱丽握手。但朱丽在未征得孩子同意的情况下，突然将他抱在怀里，并用下巴蹭了蹭孩子的头。然后，她给了他一个红包。

当她重新落座后，发现父亲已经离席。她觉得应该先敬父亲一杯酒，但又想起他已经连喝多日，便作罢了。

朱丽开始回敬，宽老大、王小强、诗人，以及那两个主管。她每次都干杯，直接往喉咙里灌，几杯下去身子就摇晃起来。王小强一直在她身边，随时准备搀扶。

歌舞演员们深谙这样的场合里，他们只是别人喝酒吃菜时的调味剂，并没有谁真的在意。所以，三首歌之后，主持人说了一通祝词，谢了幕，只播放一些舒缓的音乐调节气氛。

朱丽已经喝多了。她变得异常兴奋，叫嚷着，缠着大家喝酒。"你其实不用喝那么多的，"王小强说，"意思一下就可以。""你别管，"朱丽说，"我想喝，想醉，不行吗？"

"行，那就喝吧，醉吧，"王小强说，"有我在，你就放开喝吧。"

朱丽又朝宽老大举起了杯。她说，宽哥，阿尼卡的朱丽敬你一杯。众人笑。宽老大说你本来就是阿尼卡的啊。朱丽说，对，朱丽就是阿尼卡的一个小村姑。诗人说，应该是村花。众人又笑。宽老大问，如果你没去渡口，现在会是啥样？朱丽说，去他妈的渡口，今后谁也不准在我面前提这两个字。

灯在天黑之前便已经亮起。吃完饭的人们继续玩牌。歌舞团的人开始调试灯光。他们带来的灯光设备简易，只在舞台两侧的钢管上各挂了一个观众灯，在舞台正面使用两只帕灯。

有一阵子，喝迷糊了的朱丽陷入沉默。身边的几个男人吵吵嚷嚷，相互吹捧，暗中嘲讽。就连朱丽都能感觉到，这几个家伙醉了。谁说话，朱丽就盯着谁看。男人们都在她面前尽情表现着自己。宽老大讲起他在渡口的血刃生涯，从20世纪80年代的街头单挑，讲到如今如何靠武力拿下一个工程再转手发包出去。他讲得唾沫横飞，并且成功吸引了几个观众。王小强讲他创业的艰辛，从没饭吃，到现在解决了几百人的就业问题。诗人的嘴里冒出一串别人听不懂的名字，什么基，什么夫，什么娃，别人听着枯燥，却也心生敬意。

"大诗人，那就给大家朗诵一首呗。"宽老大说这话时，朝朱丽挤了挤眼睛。围观的人开始鼓掌。诗人站起身，清了清嗓子，像是早已准备好的一样。

从明天起，做一个幸福的人
喂马、劈柴、周游世界
从明天起，关心粮食和蔬菜
我有一所房子，面朝大海，春暖花开

除了诗人，没人知道这首诗的真正出处。他也不解释，在别人的掌声中坐下，端起酒杯美滋滋地喝了一口。这时，主持人走过来问朱丽，是否可以开始了。桌上的其他人便纷纷表示已经吃饱喝足。

因为有了灯光，舞台效果比天亮时好了很多。那主持人说完了开场白，便请朱丽上了台。她被灯光照着，像个受审的犯人，无所适从。但是，她肯定喝多了，不时摇晃一下，又努力让自己不要倒下。

"把灯关了吧。"她说，"我不想你们看见我说话的样子。"

所有灯都关了，包括院子里的路灯。他们还能感觉到灰蒙的夜空，那是因为月亮已从对面山头升起。星星一直都在，黑暗中尤为明显。诗人说，哦，星光灿烂啊。没人理他。朱丽站在舞台上，和黑色的背景融为一体。无法看清她的表情。沉默像一块在空中飞行的石头，每个人都在等待落地之声。她的手里握着话筒，呼吸声被放大，像风吹过。

"谢谢大家。"

她说完这句又陷入了沉默当中。而这时，沉默像暗流，冲击着堤坝，最终一泻千里。

"谢谢大家的光临。我知道此刻你们在想什么。一个三十岁的女人，为什么要如此高调地为自己举办一场生日宴？阿尼卡人为什么不来参加？那么，我告诉你们：我这么做的目的，就是为了此刻站在这里，跟你们说几句话。我十八岁离开这里，去到渡口。十二年来，我知道别人在想什么，在背后说我什么。我不是一个毫不在意的人。但这是我的选择，我的生活。我背负着沉重的十字架，走了十二年。但是，从今天开始，我将甩开过去的影子，或者跟过去画一条界线。我在心里抹去了这十二年的光阴，就像我今年才十八岁。我请大家来，就是作为见证。我说到做到。这个生日，是我的新生。从明天开始，出现在你们面前的朱丽，像一个新生婴儿，没有过去，只有未来。"

朱丽朝台下鞠躬。每个人都在鼓掌。灯光亮起。她没有擦去眼角的泪花。王小强在台下等她。主持人再次登场，报幕，接下来请欣赏歌舞《好日子》。

"说得太好了。"在院子的一角，诗人再次鼓掌，"王尔德说，每个圣人都有过去，每个罪人都有未来。"

"谁是罪人？"坐在朱丽身边的王小强明显表示不满。

"我的意思是，连罪人都有未来，何况是朱丽？对吧？"诗人做了这样的解释，他再次被自己的才华所折服。

"别说了，"王小强朝诗人摆摆手，"换个话题吧。"

"那我就啥也不说了。"诗人脸上挂着一丝嘲讽，他站起身，走到院外，看起了正在上升的月亮。宽老大手挂着下巴，捂住半张脸，像牙疼似的看着正低声说话的朱丽和王小强。

"要不再喝点？"宽老大打断了二人的话。

"好啊，"王小强说，"难得宽总有雅兴，那我就奉陪到底啦。"

宽老大开始倒酒。他倒了四杯，第一杯给朱丽，第二杯给自己。至于王小强和诗人，他们自己把酒认领了。

"我很高兴……"宽老大举杯，后半句话连酒一起吞下了。

"谢谢宽总，"王小强说，"来，我陪你干一杯。"

"我在跟朱丽说话。"宽老大说。

王小强被这么一说，稍显尴尬，他自嘲地笑了笑，端起酒杯想和诗人碰。诗人摇了摇头，说喝多了，想歇一会儿。

朱丽和宽老大碰杯，一口干了。反正都醉了，她想，没有任何时候比今天更值得大醉一场了。她又替宽老大斟满了酒，自己倒了半杯。

"谢谢宽哥多年的关照。"她说。

宽老大摆手，摇头，下巴上的肥肉晃荡着，仿佛能听见脂肪撞击的声音。舞台那边不时传来掌声。一个身材瘦高的年轻人，正在台上玩魔术，他模仿刘谦的语气说"见证奇迹的时候"。"奇迹"这个词打动了朱丽，她说，要是生活就像魔术多好。诗人说，未必。

"一张燃烧的纸，点燃，丢进盒子，拉开，变成了鸽子。"朱丽看着诗人问，"难道这样不好吗？"

"魔术始终是假的，但生活是真实的存在。"诗人说，"有本书叫《存在与时间》。"

"得了，大诗人，来喝酒吧。"宽老大残忍地打断了诗人的话，朱丽发出一声轻笑。她的意识告诉她，一定要少喝，否则撑不到结束。月亮已经升到院子上空，朱丽让人关了包括舞台上的所有灯，让月光大大方方地照着。

"你不写诗，太可惜了。"诗人说，"朱丽，你心中充满诗意。"

"又来了，"宽老大高声道，"谁再谈诗，罚酒三杯。"

朱丽和王小强笑了起来，看着一脸无辜的诗人。他不谈诗，就失去了存在的意义。所以，他自饮一口，将说话的机会让给了宽老大。

"我们认识多久了？"宽老大问朱丽。

"十一年，"朱丽说，"那时我住在沿江路三十七号。"

那是一个已经消失的地名，因为修电站而被江水淹没了。那时江边一排临时建筑，租金便宜，是外地人的首选。有年夏天发洪水，有一家三口在睡梦中被卷走。

"我记得那个地方，"诗人说，"蓝顶，红墙，坑坑洼洼。"

这一次，宽老大没有罚诗人喝酒。两个男人对望了一眼，不再继续回忆。这时，王小强公司的一个主管走过来，问啥时候走。王小强说，走啥呀，今夜不醉不归。

"如果你忙，你可以先走，"宽老大说，"反正我们今晚是走不了啦。"

"没事，我陪着你们。"王小强说，"至少等燃放了烟花再走。"

哦，对，烟花。大家似乎都忘记烟花的存在了。朱丽看向那堆烟花时，发现之前说好负责燃放的年轻人已经不知去向。她想，把燃放烟花当成今晚最后的节目。

宽老大站起身，摇晃着去了趟厕所。他重新回到酒桌前，站着，双手抱在怀里。诗人的手里端着酒杯，光顾着说话，酒却半天没喝。

"大诗人，打断一下。"宽老大说，"把朱丽借我一下，我有几句话要私下跟她说。"

"哦。"诗人放下酒杯说，"需要我们回避吗？"

宽老大说不用，我们出去说。朱丽愣了一下，问去哪里。

"停车场吧，"宽老大说，"二位没意见吧？"

"没意见，"诗人说，"宽总请便。"

王小强沉默不语。他看向朱丽，看出了她眼里的无奈。朱丽站起身，却做出一副轻松的样子。

夜里降温了。朱丽走到门外时感觉到冷。宽老大走在前面，一言不发。他带她钻进了车里。开了空调，朱丽感觉舒服了很多。

"你是不是觉得我会对你怎样？"宽老大问得直接，令朱丽猝不及防，以至不知怎么回答。

"这么多年了，你还是不了解我。"宽老大又说，"你这样，我挺高兴的。"

朱丽除了说谢谢，找不到别的话。"今后打算怎么办？"

"顺其自然吧，"朱丽说，"宽哥单独叫我出来，想跟我说啥？"

"就是想单独、认真地告诉你一句，你做这样的决定，我很高兴。"

宽老大的手突然伸了过来。朱丽吃了一惊，正准备拒绝，那手却伸向了她的头顶。他摸了摸她的头，说那就这样吧。朱丽又说了声谢谢。

两人回到院子里，舞台上，一个中年女演员正在唱着一首软绵绵的情歌。舞台下的观众昏昏欲睡。月亮越过了山顶，扔给大地一片黑暗。

"还以为你俩要彻夜长谈呢，"诗人说，"既然这样，那也把朱丽借给我十分钟。"

"啊？"朱丽叫了一声，但她没法拒绝。

车里很冷。朱丽发动引擎，生起了暖风。诗人坐在她身边，脸上的醉意和怯意像两片云在相互融合和抵消。最终，醉意占了上风，让他变得大胆起来。他告诉朱丽一个秘密：他曾经动过娶朱丽的念头。

"有个人叫柳永，"诗人说，"写衣带渐宽终不悔的那个，我一直把他当偶像。"

"然后呢？"朱丽笑了起来，一副释然又好奇的样子。

"没有然后，我只是告诉你有这么一个念头。"诗人说。

朱丽道了声谢。有人想娶自己，虽然只是一个念头，但总不是坏事。她的酒劲上来了，看眼前的诗人时像是对不准焦的镜头。与此同时，她感觉脑海里有种东西正在散漫开去，她努力拉，似乎只抓住了丝丝缕缕。

"这些年，我确实做过有人娶我的梦。"朱丽说，"但是现在，无所谓了。"

诗人又想重复王尔德的话，说到"每一个罪人"时，被朱丽打断了。

"我他妈有罪吗？"她高声问，"我有罪，那你们呢？"

诗人愣了一下，然后含糊其词地说，有罪或者没罪都是辩证的。或者，人都是有罪的。但是，未来却是把握在自己手里。

"所以，你是对的。"诗人按下车窗，透了口气。风呼呼刮着。他伸手去兜里掏烟，没有，便将打火机拿在手上把玩。他其实并没想好要跟她说点什么，只是想单独跟她待一会儿。毫无疑问，两人都想到过去，但谁也没有说出来。诗人关了车窗，车里安静下来，院子里的灯光映射在黑暗的夜空，像块伤疤。

"朱丽。"

诗人发出一种鸭子从门缝里被拽出的声音，紧张，压抑。朱丽没有说话。

"我可以抱抱你吗？"诗人说，"像朋友一样。"

朱丽将那颗长满长发和胡须的脑袋搂过来，贴在腋下。那样子，像是她猎到了一颗人头。她能够感觉到诗人粗重的喘息，却不知那是情欲还是一个男人的失败叹息。

"好了吗？"朱丽的声音有母爱，"少读点书，少写点诗，找个好女人结婚去吧。"

诗人从朱丽怀里抬起头，仰头靠在座椅后，眼里慢慢溢出了泪水。朱丽没有惊动他，倒是心里对他产生了一丝同情。此时，朱丽听到院子里的音乐声，像是从水底传来，沉闷，含混，已经辨不出具体的曲目。激昂的喧嚣，最后的狂欢。

"我们回去吧，"诗人说，"歌舞应该快结束了。"

宽老大和王小强还在喝酒。舞台那边，演员们在卸妆，工作人员在拆台。客人们如梦初醒，看看表，纷纷说，十一点啦，该回去了。大巴车司机没喝酒，百无聊赖地走来走去。朱丽出现时，大家的目光都看向了她。她朝宽老大和王小强走去。

"结束了吗?"她问。

"等一下,"王小强说,"我也要借一下朱丽,两位没意见吧?"

宽老大和诗人自是无话可说。王小强涨红着脸,不知因为喝酒还是别的原因。总之,他站起来的时候,朱丽觉得他的表情极不自然。她心里产生过一丝疑虑,但很快打消了。

"你要跟我说啥?"朱丽用的是方言。他们钻进了他的车,后排。

"他们对你做了啥?"王小强问。朱丽颤抖了一下,蒙了。

"没做啥,"她说,"就是说了几句话。"

"说啥呢?"王小强追问。

朱丽沉默。她听到王小强的胸腔里有一股沉重的气息,像一只猫在打呼噜。

"说了几句祝福的话。"朱丽说。

"哦,"王小强说,"呵呵。"

可能是因为喝多酒的缘故,朱丽感觉眼前的王小强在旋转。她闭上了眼睛。所以,当她感觉到有东西向自己袭来时,她下意识地躲开了。

"别这样。"朱丽说。

王小强愣住了。如果是在白天,一定能看见他又羞又怒的表情。在这逼仄的空间里,他想再次向朱丽扑来,但是忍住了。

"我爱你，朱丽。"他说。

"哦，"朱丽说，"你喝醉了。"

"为什么？"王小强又问。

"你说呢？"

王小强傻愣着。朱丽下了车，朝院子里走去。桌子已经收起来，为燃放烟花空出了位置。人们仰望着夜空，烟花撕开夜空。

朱丽也仰起头，她开始在心里倒数：三、二、一。

圣诞快乐 |

　　他们在冬天的街头初次见面。根据短信中的自我描述，他们很快认出了对方。他主动朝她走过去，克制而礼貌地笑着，伸出手。"你好，安阳，我是马小武。"

　　她冰凉的手指让他想起小时候在阿尼卡见过的冰凌。他离开那里已经二十年。他向她提起过一些发生在那里的旧事：被狼叼走的小猪、丢了魂的孩子、发疯的马以及没完没了的械斗。

　　马小武原本想带安阳去看部电影。看什么电影并不重要。但时间不凑巧，接下来的半个小时内，没有场次。风像一张无形的裹尸布，从街口卷过来，纸片、塑料瓶、易拉罐像被施了魔法，纷纷逃窜。这地方冬天难得见到太阳。即使有太阳，也只是天空的装饰品，散发出冷冷的光。

　　"我们走走，找个暖和点的地方。"马小武说。

　　安阳裹紧米黄色大衣，默默地跟在马小武身后。那是圣诞节前一天，街上飘荡着各种版本的 *Jingle Bells*，塑料圣诞树上挂着风铃，闪着彩灯。服务员们头戴各式各样的圣诞帽，站在门口，拍手叫卖，"进来看一看，进来瞧一瞧"。他们路过一家饭店、一家书店、一家甜品店、一家便利超市，最后进了一家酒吧。

"这么早就去喝酒？"

安阳嘀咕了一句，但并没有停下脚步，尾随着马小武挑开了门帘。暖气扑面而来，干燥而热烈。一个打扮得像圣诞老人的服务员迎上来，问，二位需要喝点什么？他没有说话，带着她坐到了一个靠窗的位子上。他脱了外衣，想了想，又穿上。那服务员还站在一旁，背着手，不时地朝他们看一眼。

"请把暖气关小一点，"马小武说，"外面太冷，屋里太热，容易感冒。"

服务员关小了暖气，转身到了服务台后面，掏出手机玩游戏。圣诞音乐雾一般的漫过来，在他们头顶袅绕。这看似毫不相干的情景，竟然也让他想起了阿尼卡的雨天——浓雾笼罩村庄，只闻鸡犬之声。

"知道吗？我小时候在阿尼卡，一到雾天就忧愁，因为看不到远方，总觉得近处会跑出一只鬼来。"马小武拿起桌上的酒水单边翻边说。

安阳笑了笑，从包里拿出带薄荷味的细长形香烟、打火机、手机等物件，摆在桌上，做出一副要长谈的样子。

"我不知道这种感觉，"她说，"下雨的时候，西山上会有雾，但隔得太远啦。"

于是，他认真地和她谈起了阿尼卡的雾。并非所有的雾都伴随着雨水而来。有时候是在早上，薄雾裹着太阳，让人昏昏欲睡。可那正是上学的时候，马小武走在山路上，总盼望太阳快点出来。有时候雾在下午降临，雨后，湿漉漉的森林里，风又轻又薄，知了有气无力地叫着。每当这时，马小武就觉得，自己的眼睛是多余的，有耳朵和鼻子就够了。

安阳听得入神，一时忘了手指间刚点燃的香烟。他们认识有大半年了吧，话题基本都围绕着那个叫阿尼卡的村庄。她并不惊讶于他一见面就谈阿尼卡，即使不谈雾，他也会谈别的，比如阿尼卡的太阳、阿尼卡的山魈或者阿尼卡的猎人。总之，他热衷于谈那地方的一切。但他其实和那里已基本上没有了现实关联。

父亲在世时，他每年回去。如今父亲埋在深山，在离地三尺的棺木里，日渐腐烂。那些活着的人，有的老了，有的死了，有的正在长大。但他已经不认识他们。可是，那是他生活了二十年的地方，是他来到这个世界，睁眼看到的第一个世界。

他生活在阿尼卡时，认为那是世界上最差劲的地方：贫穷、落后、愚昧、狭隘、凶狠、人心带刀。某天他离开了那里。回忆就像抹布擦去玻璃上的灰尘，让那个叫阿尼卡的地方越发明亮起来。这样的变化令他惊诧：是不是世间的事物并没有绝对的好和坏，都会在时间里得到改变？

其实，不光是对安阳，马小武对每一个他遇见的人都会喋喋不休地讲起阿尼卡。别人谈电影，他会说某一个镜头很像阿尼卡；别人谈音乐，他总免不了要哼起阿尼卡的小调；别人回家过年，即使他已经不再回到那个地方，他仍然会对人讲起那里的过年习俗。总之，那是世界的一角，其他地方有的事物，那里都有。即使没有，也不影响他向别人讲述。

某天，马小武收到一条手机短信，是个陌生号码。

我随手输入一个手机号，给你发了这条信息。

那时马小武趴在床上，正犹豫要不要请一对退休老人吃饭。他和他们建立联系已经一个月了，他们用一生的积蓄为儿子买了套房子，正在为装修选什么地砖而犹豫。马小武看着手机上的陌生号码，突然决定不出去请客了。他回了一条信息。

一切巧合都是必然。

这是马小武的真实想法。他并不觉得这事唐突，自己也曾经干过多次。只是他收到的回复往往是"神经病"或更难听的谩骂。在这个世界上，要找到两个同样同时无聊的人，不容易。

"我来自阿尼卡，一个位于四川南部的寨子。"

"我父亲是福建人，母亲是陕西人，我出生在开往广东的火车上，目前生活在昆明。所以，我不知道自己来自何方。"

两人就这么聊上了。他们心照不宣，不问对方的性别、年龄，只把对方当成可以说话的树洞。这样的聊天，像是两只手在暗处相握。马小武太迷恋这样的感觉了，他甚至想，永远不见面，就这样一直聊下去吧。但是前几天对方主动打了电话过来。

"我叫安阳，咱们平安夜见一面吧，"她说，"也许，是最后一面。"

马小武说起阿尼卡的雾时，安阳一直平静地听着，不动声色，一支接一支地抽烟。待他讲完，服务员又走了过来，询问他们是点餐还是点酒。

"我们先随便吃点东西吧，"他说，"很抱歉，这里只卖一些简餐。"

"我不挑食。"她说。

"总之，很抱歉，"他说，"希望下次能够有机会弥补。"

"但愿还有下次。"她说着，认真翻看起了菜单，从头看到尾，又倒着看回来，最终用铅笔在某一份简餐下面打了钩。然后，她撩起遮住半张脸的长发，朝马小武笑了笑：

"你想象中，我是怎样的一个人？"

"跟你本人一样。"

他说的是真话。文字是密码，是会出卖人的。起初，他不问对方的情况，是出于礼貌或者神秘的乐趣，后来，是因为没必要。文字已经证实了他的想法。

"那我呢？"他问，"你想象过我吗？"

"不用想象，"她说，"你全都告诉我了。"两人相视一笑。

天黑了下来。街上的喧嚣被玻璃隔开，看着窗外像是在看一部默片。酒吧里又多了几个客人，其中离他们最近的一桌，坐了三男两女，桌上堆满了啤酒和零食，聊天的声音清晰地传了过来。于是，马小武和安阳也在饭后要了一打黑啤和一盘瓜子，压低声音聊天。

"你离开阿尼卡，是因为贫穷？"安阳端起杯子，和马小武碰了一下。

"当然不是。"他一口干了杯中酒，将身子向后靠去，等着她继续发问。

"那是因为一个人？""嗯。"

"一个女人？"她问。

"不是，"他说，"因为我弟弟。"

安阳默默地喝了一口啤酒，她知道，在眼前这个微微发胖的男人心里，绝不仅仅是对一个地方的抒情式怀念。他讲话的速度很慢，天生带着一种沉重感，仿佛说出那些话需要费很大劲一样。这个男人，他的过去像口深井，她想。而她趴在井口，照见了自己。

"我弟在他十五岁那年死了，"马小武说，"他很调皮，跟人打架。"

"那是什么时候的事？"

"我十八岁的时候。"他手中的杯子晃了晃，有几滴酒洒了出来。

邻桌的人，频频举杯，骰盅声与笑声齐飞。在这样的寒夜，他们仨脱下外衣，露出结实的胳膊和胸膛，举杯时，让人感觉那杯子随时都有可能被捏碎。那两个女人，花蝴蝶般的穿插其间，让酒局显得轻松愉悦。

相比之下，马小武和安阳这桌要安静得多。两人压低声音，头凑得更近时，他闻见了她身上若有若无的香水味。他本想贪婪地将那些气味吸进鼻孔，但又觉得这样太不礼貌。于是，他将身子后仰，闭上了眼睛。她看到他的喉结滑动，像是在吞入一个难以下咽的核桃。

"你需要喝口酒吗？"她问。

"不用，"他说，"已经过去那么多年了……"

那件事发生在1998年。那时马小武像一株夏天的禾苗，浑身上下发出生长的声音。那时他想，自己即使餐风饮露，也能长成参天大树。青春的力量像岩浆在体内喷发，他高声唱歌，大步走路，凡是人多的地方总能见到他的身影。他希望谈一场恋爱，但姑娘们都坐着拖拉机进城去了。他因为一个眼神、一个走路的姿势或说话的语气和镇上年轻人打了几次架。那时他父亲身体尚好，靠贩卖牲口过日子。这是他家祖传的安身立命之本，很多代人了，他们靠转手牲口获取差价。他十六岁和父亲出了一趟门，跨过金沙江，去云南买牛。那时他第一次知道，这不是一件轻松的活儿。白天，他们让牛吃草，父子俩轮流睡觉。夜晚赶路，月光清白，翻山越岭时，只有吆喝声回荡。经过一个个村庄，人们都在熟睡，只有狗醒着。他发誓，不再重复父辈的生活。秋天的时候，他报名参军，并且顺利通过体检，开始等候入伍通知。

那时他当然不知道，人活在这个世界上是多么脆弱，像冰做的，需要小心呵护。一个家庭也是如此。和他一样无所事事的，还有他的弟弟。这些年，他的耳畔不时会回响着弟弟的声音：哥，救我！那声音沙哑，像只正在练习打鸣的小公鸡。伴随着这个呼救声的是弟弟抽刀还手的样子。疼痛和死亡并没有想象中那么来得快。他真真切切地看见明晃晃的刀子刺进弟弟的胸口，抽出来时刀子已经黯淡无光，血洇湿了花衬衫。他的弟弟，大概在一分钟以后，松开了手中的刀，倒在离他一步之遥的地方。

自从离开了阿尼卡，这是他第一次对人讲述事情的经过。这种感觉，像是在暴雨中奔跑，泥泞飞溅，奋不顾身。这期间，他喝了三杯酒，抽了五支香烟，整个身体都在发抖。酒吧里已经坐满了人，一个歌手在台上弹唱《成都》。邻桌的客人已经喝了两打啤酒，他们的情绪看起来比之前更高涨，高声叫来服务员，问能否帮他们去街对面买烧烤。那服务员不乐意，说忙不过来，双方争执了几句，但被劝住了。

马小武和安阳将注意力从邻桌撤回来，彼此看一眼，举杯碰了一下。

"讲完了吗？"她说，"这事和你并没有太大关系呀。"

"当然有关系，"他高声说，"那天的事是我惹的。我弟弟当时也很调皮，整天不归家，和镇上小青年混在一起。我们兄弟俩带刀去跟人打架，然后在一个巷子里跟对方六个人相遇，三个人围住我，三个人围住他。他们在我眼皮下杀死了他，我没敢去救他。刀架在脖子上，我害怕了。"

"后来呢？"她问。

"对方眼见杀了人，跑了。派出所来了人，送我弟弟去镇卫生院，半路就断了气。那时候的小镇，打打杀杀司空见惯，每年都有人在打斗中受伤或死去。"

趁马小武沉默，安阳独自端起杯子喝了一口酒，起身去了一趟洗手间。她在卫生间门口遇见了邻桌的一个男子，他正在大声打电话，嘴里不时迸出脏词儿。他看到安阳时，笑着挥手打招呼。她赶紧逃了。那个男人紧随其后回到了邻桌，目光一直朝她这边瞟。

"谢谢你，"待安阳重新落座后，马小武的情绪看起来好了一点，"谢谢你一直听我说这些。"

"我其实是羡慕你，你有的东西，我都没有。"她说。

马小武第一次听人这样说，不禁愣了一下。但他很快想到了她在电话里说的"也许是最后一次见面"，以及他们的随机相识。

"我有什么？"他说，"除了像影子一样的过去，以及雾一样的未来。"

"你有父母、兄弟，还有可以怀念的阿尼卡。这些我都没有，你明白吗？"

"你说你父亲是福建人，母亲是陕西人。"

"我实话告诉你吧，他们是养父母，"安阳平静地说，"我是他们在火车上捡的。"

"啊，"马小武下意识地叫了一声，但马上放低了声音和语速说，"有些东西，是我们无法掌控的，比如出生。他们对你不好吗？"

"恰恰相反，他们对我太好，好到让我痛苦不堪。"安阳说着，从钱包里翻出身份证，递给马小武。

"这个叫张秋萍的人，不是我，是我的姐姐。"她说。

"但这确实是你的照片。"马小武又看了看身份证，不明所以。"喝一杯吧，"安阳说，"喝完这些，我们再要酒。"

酒吧里乌烟瘴气。此时的舞台上，一个穿着蓝色中山装、绿色胶鞋的中年男人，怀抱吉他，坐在麦克风前。他弹着几个简单的和弦，用家乡方言唱起了黄色小调。他这样的风格，演出效果远比酒吧里常见的摇滚或民谣要好。哄笑声、掌声、口哨声阵阵。有人请他喝酒，他一仰脖灌下一杯，继续弹唱。他酸冷不忌，脏词横飞，甚至以此为荣。坐在邻桌的几个男女的情绪也被点燃了，站起身，跟着起哄。

喧哗声让马小武和安阳无法聊天。两人倒满了杯中酒，连干三杯。然后，相互之间就这么默默地看着。他想，如果他们是情侣，如果中间不隔着桌子，这样的注视适合亲吻或拥入怀中。但这只是假设。尚不待他有更进一步的想象，那歌手已经唱完下场了，客人们相继回到座位上。

安阳又掏了一包香烟出来，点燃一支，将烟盒扔在桌上。空气中飘着烟草味和薄荷味。

"你无法想象一个没有身份的人的生活，"她说，"就凭这一点，我也该羡慕你。"

"我的身份是流浪汉，"马小武说，"从南到北，从东到西，行走了很多年，却不知道自己在找什么。"

"你跟我讲过，你还睡过桥洞，干过传销，"安阳岔开了话题，说，"我最近真的快疯了。"

马小武将剩下的一瓶啤酒拿过来，一人倒满一杯："你在电话里说，也许这是最后一面？"

"对呀，"她说，"我想离开这里了。我想体会一下，离开这里是什么感觉，会不会像你怀念阿尼卡一样地怀念这个地方。"

"你可以试试，"马小武说，"把啤酒喝了，换红酒。"

安阳干了最后一杯啤酒。服务员送来红酒，说是产自澳大利亚，但真假不知。先前的啤酒瓶、酒杯、瓜子壳被收走了，换上了高脚杯。

邻桌的男女，此刻不管不顾地唱了起来。他们唱：我的老班长，你现在过得怎么样？唱：日落西山红霞飞，战士打靶把营归……三个男人搂肩搭背，唱到最后都哽咽了。他们中有人端着酒杯朝马小武他们这桌看过来，举一下杯，算是打了个招呼。但马小武和安阳冷漠地看了对方一眼，连杯子都没有端一下。几声爆笑之后，他们开始玩游戏，"两只小蜜蜂，飞在花丛中，飞呀，啪啪，飞啊，啊啊"。聒噪声引得别的客人纷纷侧目，但没人出面干涉。

换了红酒之后，马小武和安阳放慢了喝酒节奏。她换了座位，和他坐到了同一个沙发上。如此，他们的对面便是那五个正发出"啪啪""啊啊"之声的男女。

"不用管他们，"马小武举了举杯，"继续说你的身份。""我还是从火车讲起吧。"她说。

如果想要遗弃一个婴儿，火车是不错的选择。人山人海，来来往往，只需要一个假装的不小心，这事儿就成了。安阳被列车员发现时，是在座位上。那时火车刚进西安城，目的地是广东。起初她在睡觉，别人以为她的父母就在一旁，后来，她哭了起来，哭得一列车厢里的人都皱起眉头。这时列车员走过来，将她抱在怀里，挨个询问是谁的孩子。所有的人都摇头。列车员在包裹孩子的毛毯里发现了纸条，上面写的是："她叫安阳，生于1984年九月初一，求好心人收养。"

这些年，安阳一直想见那个将自己抱在怀里的列车员。因为如果不是她自作主张，就不会有安阳的今天。一个被扔在火车上的孩子，和一个遗失的包所不同的是，被送到铁警那里后，会再转送到孤儿院。列车员没有这样干，她开始了第二轮询问，这次她问的是："谁要收养她？你看她长得多漂亮呀。"这时，坐在车厢最后一排的一对五十岁左右的夫妇站了起来。

"我的养父母当时已有三个孩子，但他们还是收留了我。他们做服装生意，属于最早致富的那批人。"

"你真幸运，"马小武想了想，补充道，"遇见了他们，是不幸中的万幸。"

"去年，养父走了，上个月，养母也走了。"安阳将一支刚点燃的香烟抽了几口，捻灭在烟灰缸里，"大哥一家很幸福，但二哥四十二岁了，还整天打打杀杀，也不结婚，只对我一个人好。有些恩，是负累，像沉重的枷锁。"

"哦，"马小武的心像被针扎了一下，"其实，嫁给你二哥也挺不错的。"

"以前，养父母反对他喜欢我，他就一直等，等着他们离开。"安阳说，"我从没有像现在这样难过，养父母一走，我真的成孤儿了。"

马小武留意着安阳的情绪变化，感觉再继续这个话题，她就会哭起来。

"我再看看你的身份证。"马小武说。

这张身份证又到了他手上，他看了又看，这确实是一张真的身份证。但安阳说过，这个叫张秋萍的人，是别人，生于1978年。

"这是我三姐，比我大六岁。"她说，"但现在我叫张秋萍，我感觉自己像假的。这些年，我一直在想，一个生于1978年的女人该是什么样的？一直在记忆里保存着三姐的模样，活得像她一样，这是我能想到的唯一的报答。"

"做你自己不好吗？"他问。

"因为我叫张秋萍啊，那个叫安阳的人，相当于在二十年前就死了。"

　　一个被遗弃的孩子，需要获得新的身份，被写在某本户口册上。但这是一件比登天还难的事。养父母已有三个孩子，完全没有收养资格。不光如此，他们还被怀疑是以"收养"之名，逃避"超生"问题。没有户口，养父母只能花高价让安阳上最差的学校。但这个情况，在她十四岁那年得以改变。那一年，三姐张秋萍已经二十岁。她爱上了一个刚从监狱里出来的男人，遭到了全家人反对。但这些世俗的障碍，在张秋萍那里根本不算回事儿。她说，想要我们分开，除非死了。这话一语成谶。某次她和男朋友开车外出，把轿车开进了大货车的肚子里。安阳的养父母给了男方家一笔钱，将这场车毁人亡的交通事故的影响降到了最小。张秋萍被埋在距车祸发生地不远的小山坡上。于是，安阳获得了一个新的身份，张秋萍。

　　"这二十年来，每年清明，我都会去看看她。与其说那里埋的是车祸死去的张秋萍，不如说埋的是安阳。你不明白，一个人顶着另一个人的名字活着，是什么感觉！"

　　"安阳。"马小武叫了一声，她好半天才回过神来。

　　"我已经习惯别人叫我张秋萍了，"她说，"但是，安阳这名字像个不死的灵魂，一直跟着我。如果不是因为我，三姐也不会成为孤魂野鬼。"

　　"如果不是因为我年轻气盛，我弟弟现在应该还活着。"马小武叹了一口气，"他还那么年轻，从小像条尾巴似的跟着我，我做什么，他跟着做什么。结果，却因我而死了。"

"你当时也救不了他。"安阳说。

"见鬼的是，我当时也是像你这样想的。"马小武说。

事情发生后，马小武迫不及待地想要离开阿尼卡，而入伍通知书迟迟不来。在一片惊讶、叹息声中，阿尼卡人为他的弟弟举行了简单的葬礼。早逝之人，凶死，怨念深重，人们唯恐避之不及。派出所找上门来，说是在五百公里外的火车站抓住了凶手。这几个整日厮混于小镇上的年轻人，一离开小镇就变成了绿头苍蝇，他们先是为谁是真正的凶手而争吵，然后又重归于好，然后又继续争吵。最后他们分道扬镳，但发誓如果谁先被抓到，打死也不供出其他人。一个家伙朝着南方跑，在火车站偷东西时被抓住，铐上双手就如实招了。

马小武当兵的事自然是黄了。他倒也没有为此过分惋惜。对他来说，仅仅离开几年是不够的，他需要的是永远离开阿尼卡。这个家庭，因为失去弟弟而陷入巨大的悲伤中。这悲剧因他而起，他如坐针毡。当他确定不能入伍的第二天便离开了阿尼卡。

"你应该陪陪父母的，"安阳说，"他们那么可怜。"

"相当于一下子失去了两个儿子，"马小武说，"但我那时就是想离开，一秒钟都不想多待。"

三年后，马小武第一次回阿尼卡。人们似乎已经忘记了死去的弟弟。荒草已高过了坟头。衰老突然袭击了父母。那时他开始觉得，活着和年轻都是一种胜利。他给弟弟立了碑，刻上名字，铲除了墓碑周围的草。然后，又离开了阿尼卡。

"你那么怀念那个地方，为什么还要离开呢？"安阳问他。

"我离开，正是为了怀念，"他说，"一旦我回到阿尼卡，就是回到了过去，那些回忆扑面而来，我不敢面对。"

现在，他们已经喝完了一瓶红酒，却没有离开的意思。香烟抽完了，安阳去街对面的小卖部里买烟，邻桌那个男子也跟了出去。他向她点头，她没理。那男子提出要帮她付款，她拒绝了。

"我为什么要你付款？"

安阳瞪了对方一眼，走了。那个男人嬉笑着，跟着她回了酒吧，落座后一直在看她。她又瞪了他几眼，但他一直嬉皮笑脸地看着她，甚至频频送过来怪表情。她为此挺烦的，便起身要了一瓶酒。再回来时，背对着邻桌坐了。

"我其实也想给三姐立碑，"安阳说，"但是，如果把张秋萍三个字刻在墓碑上，那么，我这个活着的张秋萍又算怎么回事？"

"只要你心里记得她就好了，"马小武说，"所谓永垂不朽，其实是有人记得你。"

邻桌的人喝疯了，又开始唱歌，边唱边用双手打节拍。为了庆祝圣诞节，零点的钟声敲响后，酒吧服务员送给每人一杯咖啡。这期间，马小武向安阳聊起离开阿尼卡后的生活，做搬运工，做保安，做传销，卖水果，最后进了一家瓷砖公司。他的名片上的头衔是销售经理，其实就是个卖瓷砖的。他居住在城里，既无法安身立命，又无法退回阿尼卡，像是生活在石头上。他有时候会爬上西山，打量这个生活了十五年的城市，那时他大口地呼吸，浑身自在。

十年前的一个夜晚，他突然想念阿尼卡，便连夜开上他的破夏利回去。天亮的时候，他已经将车开到了阿尼卡对面的公路上。他发现自己不想再往前开了。停了车，看着那个正在一天天变化的村庄。看累了，他就开车回了城里。他从此养成了这个习惯，只远远地看这个生养他的地方。

"我永远忘不了我们兄弟俩被刀架在脖子上的情景，弟弟一直骂，不服输，而我沉默了，浑身发抖，"马小武说，"如果他认尿，就不会死。"

"我也希望出车祸的那个人是我，而不是三姐。像我这样被从小遗弃的人，死了也没什么。"安阳说。

"但是能怎样呢，再难也得活着，你就当是替张秋萍活吧，我呢，就当是替我弟弟活着。"

"是啊，还能怎样？！"她说完这句话，感觉肩上被人拍了一下，回头一看，是邻桌那个男人。

"美女，圣诞快乐！来，喝一杯。"他主动碰了一下安阳面前的杯子。这突然而至的打扰，吓了安阳一跳。待她看清是刚才那个男人时，便决定忽略他。

"我们刚才聊到哪里了？"她问马小武。

那男子也不生气，大大咧咧地在他们中间坐了下来。过了一会儿，他又向马小武举了举杯。

"哎，哥们儿，"他说，"今天是平安夜，圣诞快乐。"

　　马小武跟他喝了一杯。然后，这男子又叫来服务员，要了六瓶啤酒。他已经喝醉了，眼神迷离地摇晃着。马小武当然明白，酒喝到这个程度，人基本上也就退化到了动物时代。这样的人，还是哄着点好。

　　"圣诞快乐，谢谢你的酒，我们已经喝得差不多了。"马小武放下酒杯，眼睛盯着安阳，话却是对那醉鬼说的。

　　"看不起人是吧？"这醉鬼恼了，突然吼起来，"老子请你喝酒，那是看得起你。"

　　他独自倒了酒，又要来和安阳碰杯。安阳瞪了他一眼，坐到了更远一点的地方。

　　"她是不是你女朋友？"酒鬼问，"如果是，我就离开。"

　　"是不是关你什么事？"安阳问。

　　"不是，对吧？"那个喝醉的家伙摇晃着身子，将手搭在马小武的肩上，"我看得出来，她不是你女朋友。"

　　"你喝多了。"马小武说着，想挪到沙发的另一边，却被那只手紧紧摁住了。

　　"把手拿开，"马小武挣扎着说，"今天是平安夜，明白吗？"

　　但那只手不光没有拿开，反而加重了力度。马小武拿起桌上的香烟，掏出一支点上，又递了一支给喝醉的人。那人接了烟，这才放开了他。

　　"喝一杯吧，"马小武举起了杯子，"圣诞快乐。"

　　"一起喝。"那人将杯子端起来，却只碰了一下安阳面前的酒杯。安阳拿起手机，起身去了洗手间。当她回来时，那个醉鬼还在等她喝酒。她也不理睬，独自点了烟，默默地看着眼前这两个男人。

"一起喝杯酒，会死吗？"醉鬼站起身来，两手在空中比画着，他的声音引起了邻桌同伴的注意，那桌的人回过头，朝醉鬼笑了笑，并且伸出了大拇指。

"不想喝。"安阳说。

"喝一杯吧，"马小武小声对安阳说，"喝一杯，我们撤了。"

"我偏不喝，我也不想撤，我就是要看看，他能怎样。"

"有个性，哈哈，"那醉鬼笑出声来，"既然这样，那今天这杯酒，还真的非喝不可。"

"别跟她一般见识，"马小武站起身来，说，"来，我们喝。"

"和你喝没劲，"那醉鬼说，"我偏要和她喝。"

"算啦，"马小武干笑了一声，"好男不和女斗，咱俩喝吧，圣诞快乐。"

"我不是和她斗，我只是过来敬杯酒而已。"那醉鬼气呼呼地坐下。

安阳不再搭理这个喝醉的家伙。她看向窗外，看着那些纷纷涌上街头、互喷仿真飞雪的疯狂男女。她身边的两个男人，沉默着。

马小武的手机在这时响了起来。他接通电话，"喂"了一声就挂断了。

"垃圾！他妈的。"他骂了一句，"这些死骗子，要是让我遇到，非凑死他们不可。"

"哎！真的不赏脸吗？"那家伙又问了一句，"我只是想和你喝杯酒而已。"

"但我不想和你喝。"安阳说。

"算啦，算啦，"马小武说，"你俩一个非得要敬酒，一个死活不喝。何必呢？今天是平安夜啊。"

"今晚这杯酒，非喝不可。"醉鬼仿佛觉得自己醉得还不够，抓起桌上的酒瓶，猛灌了一气。然后，他响亮地打着酒嗝，说话的声音更大了。他的那四个伙伴，此时终于安静了，搂抱着，窃窃私语。

"她不是你的女朋友，对不对？"醉鬼又问了一遍。

马小武看了看安阳，顿了顿，仿佛要将自己塞进这夜色之中。"不是，我们第一次见面。"他低声说。

"那就对了，哈哈，"醉鬼说，"我猜得没错，你们一看就不是情侣。"

醉鬼说完这话，更加放肆地坐得离安阳更近一些。安阳厌恶地看了一眼，站起身坐到了马小武的身边。

"虽然你比我更早认识她，但是，我和你一样，拥有平等的机会，"醉鬼指着马小武，手指就快戳到了他的头，"我现在明确地告诉你，我喜欢她，一见钟情。没意见吧？"

马小武的耳畔像有一万只蝉在鸣叫，那声音箭镞般的刺穿了他的身体。自从弟弟死后，他几乎觉得身上的骨头被抽走了，像一个软体动物。他在耳鸣声中看向安阳，见她昂着头，气呼呼地抽着烟。

"你最好离我远一点，否则，你会后悔的。"安阳说。

醉鬼听了这句话，更来劲了，他嬉笑着，站起身，便要在马小武和安阳之间坐下。安阳又起身坐到了对面。

"哎，朋友，请不要这样，"马小武站了起来，"不然我要报警了！"

"好啊，赶快报警！"醉鬼掏了手机出来，递到马小武面前，"来，要不要我帮你打110？"

这声音惊动了邻桌醉鬼的朋友，那两个男人放下怀里的女人，走了过来。

"怎么回事？"他们高声问，"发生什么事了？"

"我来敬美女一杯酒，不给面子。"醉鬼说，"还吓唬我，说要报警。"

"报个屁的警！"其中一个男子高声吼道，"别他妈给脸不要脸。"

这两个男人来到马小武的身后，将他按在了沙发上，然后一左一右站着，随时准备将他制服。而那个醉鬼，因为有朋友在身边，比刚才更加嚣张了。

"真的不给面子？"醉鬼站在安阳面前，手里端着酒，一副势在必得的样子。

"我凭什么要给你面子？"安阳冷冷地问，"我有这个义务吗？"

"那就别怪我不客气了。"醉鬼突然一伸手，强行搂住了安阳。

安阳挣扎着，但被搂得更紧了。"不喝酒，那我只能强吻你了。"他真的朝她伸出了臭烘烘的嘴。他的朋友们，笑着，起哄，四只手搭在马小武的肩上。

马小武数次挣扎着想要站起来，但身后的手像几座大山似的压住了他。他甚至都能感觉到那几只手的温度，就像二十年前他感觉到了脖子上的刀子的寒意。

"够了！"马小武嘴里怒吼道，"你们欺负女人，算他妈什么男人？"

"那我们就欺负男人吧。"站在马小武身后的两个男人对视了一眼，合力将他提了起来，然后，一人一拳打在了他肚子上。马小武的身子向后仰去，砸在了桌子上。酒杯掉到地上，碎了一地。安阳惊叫一声，从那醉鬼的怀里挣脱出来。她拿起桌上的一个啤酒瓶，敲碎后，紧紧握在手里。碎裂之声刺向马小武的耳膜，他也顺手抓到了手边的一个啤酒瓶，敲碎后，毫不犹豫地朝眼前的男子刺了过去。那一瞬间，马小武想到刺进弟弟身体的刀子。但对方反应比他快，一闪身躲开了。酒吧里乱成一团，惊叫声不断。马小武手执那个破碎的啤酒瓶，嘴里发出怒吼，朝那三个男子追了过去，不断地向前刺去。他们跳上桌子，打翻酒水；桌子或沙发，成了他们之间的堡垒。毕竟对方是三个人，马小武朝某一个人追去，而其他两个人又拿着啤酒瓶朝他围过来，做出随时要反扑的样子。这样子，像是一个人陷入了狼群，或者像一只疯狂的老鼠在追逐三只猫。安阳看到马小武很快气喘吁吁了，他一手扶着桌子，目露凶光地瞪着不远处的三个人，口沫横飞："来呀，你们不是要欺负人吗？过来！看我怎么宰了你们。"安阳不时看向门口，忧心忡忡。她手里的半截啤酒瓶，锋刃上闪着寒光。当马小武屡屡扑空后，那三个人的嘴角渐渐露出嘲讽的表情，他们开始做出挑衅的动作。马小武也意识到了自己处境的危险，他像一只颓废的狮子，退到了角落里，背靠着墙，红着眼瞪着那三个站在不同方位的人。安阳握紧手中的啤酒瓶靠上前去，与马小武形成了合力。

围观者屏住呼吸，静静地看着，像是在等着揭晓一出好戏。这场景如同在烧一锅水，一点点升温，总有沸腾之时。更何况，那三个家伙还在不断地辱骂，相当于火上浇油。他们离马小武只有一步之遥，边骂边挥舞着手里的酒瓶。安阳明白，只要马小武怒不可遏地冲向某一人，其他两个人就会在瞬间乘虚而入，从而将马小武制服。

安阳又一次看向酒吧门口，她终于看到有人挑开了门帘。十几个男子鱼贯而入，她的二哥走在最后。围观的人群让出一条道，形成更大的半包围状。突然加入进来一群人，这不是釜底抽薪，而是在油锅里加了一瓢水。

"谁他妈欺负我妹妹？"安阳的二哥吼道，那十几个男子迅速分成了三路，将那三个男人围住了。刚才还气焰嚣张的这三个家伙，瞬间瘪了，扬在空中的啤酒瓶此时成了尴尬的道具，像冒险的孩子玩危险游戏被发现。安阳的二哥走过去，轻轻拿走了他们手里的啤酒瓶。

"抓起来。"他说。

安阳站在一旁，她看到十来只手上了那三个家伙的身，像她经常玩的"抓娃娃"。当他们的双手被卷到背后，如同公鸡被扎起了翅膀，再也无法昂着头说话。

"大哥，误会了。"刚才想要强吻安阳的那个酒鬼摇晃着身子，嘴里不断求饶，"对不起，喝醉了。"

他刚说完话，脸上就挨了安阳二哥一耳光。

"现在知道错，已经晚了。"

"怎么办吧？"安阳问，"你们自己说，这事如何了结？"

"我们道歉，对不起，喝多了。"那酒鬼边说，边向安阳鞠躬。另外两个被控制住的人，也频频点头。

"光说声对不起就算了？"安阳问。

"以牙还牙，打回来。"安阳的二哥说，"打脸。"

那个醉鬼挣扎了几下，双手被身边的人死死钳住。他无奈地低下了头。安阳朝着他的脸上刷了一巴掌。她打得不重，但整个酒吧里的人都听见了。

"这是清算你今晚对我的纠缠和侮辱，"安阳说，"还有你们打了我朋友一拳，这事又怎么办？"

"打回来！"安阳的二哥说，"让你们也尝尝以多欺少的感觉。"

这时，安阳看了看四周，却再也没有发现马小武。安阳的目光在酒吧里扫了一圈，又到洗手间门口，喊了几声，没有回音。不知他啥时候离开了。安阳重新回到二哥身边，见他们还在抓着那三个家伙，而同他们一起喝酒的那两个女人，吓得在一旁瑟瑟发抖。

"既然他走了，那就算了。"安阳说，"今天平安夜。"

哦，平安夜。这个时间节点，刚才好像被所有人忘记了，经安阳这一提醒，才又想起来。于是，那个刚才被吓得躲在服务台后面的扮成圣诞老人的服务员适时放了一首 *Silent Night*，音乐响起时，所有人都如梦初醒，如释重负。灯光比之前更亮，照见了客人的醉态。他们中的很多人，确实喝多了，摇晃着，像风中的玉米秆。有的打着酒嗝，眯着迷离的红眼睛。当他们发现对方的醉态时，其实自己已经喝多了。

然而，在人们心里，这个夜晚比时钟更慢。虽然已过零点，但似乎才刚刚开始。就连这酒吧的老板，一个长发的中年男子，也是在这时候才露面。他对服务员耳语几句，然后微笑着走向大家。

"谢谢大家，圣诞快乐！"他说。在他的身后，三个服务员手上端着盘子，盘子里的酒杯已经倒满了啤酒。他一一将酒递给客人们，嘴里说着"圣诞快乐"。

"圣诞快乐。"每个人回了一句。

这节日的氛围，转眼之间，将刚才还剑拔弩张、歇斯底里的杀气一阵风似的吹走了。就连安阳的二哥，也和刚才被抽了耳光的家伙碰了一下杯。尽管，后者的脸也许还是火辣的。但不管怎样，平安夜的气氛正浓。有人想继续留下来饮酒，有人想加入外面狂欢的人群。

街道比马小武和安阳见面时更拥挤了。店铺都还开着门。服务员还在不知疲倦地叫卖。圣诞树上的彩灯还在闪烁。在酒吧里待久了，当风吹来时，安阳下意识地深呼吸了一口。她打了个寒战，竖起了大衣的领子。大街中央，汽车被堵停了，司机们无奈地看着车窗外狂欢的人群，纷纷熄了火。安阳亦步亦趋地跟着狂欢的人群，她实在想不明白，别人为什么那么高兴。尖叫声、笑声，不断传来，五颜六色的仿真飞雪喷射而出，落在人们的衣服和头发上。安阳小心翼翼地躲避着飞雪，见缝插针地朝前走。她对这些狂欢者心存感激，对那些躲避不开的飞雪报以微笑。当那些高分子树脂化合物幻化成彩条落在安阳的头发上，她觉得自己终于已和别人融为一体。她甩了甩头发，手机在兜里发出震动。

马小武给她发了一条短信：圣诞快乐！我决定明天回阿尼卡，不再离开。

安阳在手机上打下一行字，想了想，又删除了。

她继续朝前走，狂欢的人们涌动如浪，她感觉自己像一滴水，汇入了大海。

天空之镜 |

昨晚，我妈哭了。她在哭我爸。我爸走时，桃花还开着，而现在已是秋天。我不知道他如今变成了什么样。

"听你妈的话。"走时，他说。

"嗯。"

除此之外，我不知道该说什么。

他走后，每次我站在家门前那棵桃树下，都能记起他离开时的背影：红黑条纹的花衬衫，黑皮鞋，喇叭裤，一头浓密的卷发，右肩上挎着一个塞满了衣物的黑皮包。

他说他要去外面。可外面是哪里？群山像一道道栅栏，无数次将我的视线挡了回来。那些被挡回来的目光落在我妈的脸上，她时而高兴，时而悲伤。她高兴的时候说，你爸很快就开着卡车来接我们啦。她悲伤的时候则说，你爸死了。或者说，他跟你小妈跑了。她说这话之前，说的是另一个故事：在阿尼卡，一个汉族男子和一个彝族女子相爱，想逃离。结果，被女方家长发现了。现在，那个彝族女子正被锁在阁楼上。听说，她正在绝食，等她的男人来救她。

那时我七岁，和父母居住在阿尼卡。我们和身边的动植物差不多，自生自灭，无人问津。这个世界，人怎么这么少？有天我突然想起了妹妹之外的一个小女孩。半个月前，我见过她。

我妈带我去赶集，她要买一头猪仔。自从我爸走后，她曾一度对农活不以为然，而是沉浸在被卡车接走的幻想中。整个春天，我妈做得最多的事是遥望。公路从我家对面的山上穿过，车辆像一只只甲虫。有时候我们能听到长长的喇叭声，甚至能看到汽车像笨重的老牛滚下悬崖。每一道喇叭声传来，我妈都会以为那是出自我爸之手。她急忙拉着我和妹妹跑出去，很多时候，汽车早已没了影儿。

"你们说，爸爸会回来吗？"

"会。"

"没问你，你已经换牙了，说话不准。"（阿尼卡人认为，没换牙的孩子，具有某种先知般的预言能力。）

"会。"我三岁的妹妹说。

"啥时候回？"

"明天。"

一个又一个明天。春天过去了，夏天过去了。到了秋天，我妈在失望中醒悟过来。

"也许他不会回来了。"她说。

谁知道他们呢？连我爷爷也不知道，他的儿子怎么某天突然就消失了。事后他问起我妈，她的回答是，都怪墙上那破匣子。

挂在墙上的收音机装在一个黑色皮套里。那是我们家唯一的电器。那时我听收音机，总觉得那里有一个世界。那个世界里，似乎永远是歌声和笑声，永远是传奇和神话。而某天我爸告诉我，其实那个世界在山外。所以，有天晚上我梦见我爸钻进收音机游走了，像一条鱼。

秋天的时候，我家地里的玉米秆比蒿枝粗不了多少，可以想象它们能够承受多大的玉米棒子。饥饿的乌鸦成群飞来，叼走玉米棒子，循入深山密林。坚强的土豆们在没有肥料和雨水的情况下，勉强长得和种子持平；至于小麦，它们是前一个秋天种下的，春末收割后放在晒场上，引来了众鸟的狂欢。那一年，远方的消息从收音机里传出，一些名词进入了我们的生活：深圳、春天、毛阿敏、郑智化……流行歌曲取代了山歌。

我们去集市，路过一块荒着的水田。它在成片的稻田中间，明晃晃的，像只巨大的眼睛。那是我家的田。我妈似乎有一丝愧疚，她加快了步伐，说快点走。但我却在离水田不远的岸上，看见一个小女孩独坐在屋前的桃树上。她将一根碗口粗的树枝当成马，拼命摇晃着身子，鞭打着胯下的桃树。我们要经过她家门前去往集市。那是个黑皮肤、大眼睛的小姑娘，额头上粘着一朵鸡冠花。我盯着她看，她也盯着我看。我们都想说点什么，又都没有说出来。待我们走远了，才听她嘴里发出一连串我听不懂的话。

"她在说什么？"我问。

"说鬼话。"我妈笑了笑。

"不对，"我说，"她在说人话，但我听不懂。"

"快走，去晚了就散场了。"

我们天未明就出发，还有十几里路要走。她答应我可以在集市上吃一碗羊肉汤锅。但自从经过了那片水田，小女孩的声音明显比羊肉汤锅更令我回想。

"她在说啥呢？"我一直在想。但我妈对这事没啥兴趣，她在我前面带路，宽阔的裤腿荡开路边的杂草，鞋尖踢飞路上的石子。我们终于赶到集市，买走了最后一只猪仔。但幸运的是，那是一只胃口大开的猪仔，吃食时的馋样如同犁铧拱开春天的土地。

"它会很快长大的，"我妈说，"到时候你们就有肉吃了。"

像一个因为贪睡而上学迟到的孩子，我妈在那个秋天完全是手忙脚乱。家里的粮食在一天天减少，她陷入了前所未有的恐慌中。汽车每天从对面的公路上来来往往，但没有一辆属于我爸。进入秋天，连我妈也羞于再提卡车。现在，每当她想起我爸，她就开始诅咒。

"真的，他最好永远也不要回来了。我一个人照样可以抚养你们长大。"然后，她转身面对我爷爷，"至于你老人家，也不用担心。没有了他，我照样把你当爹。"

"爸爸会回来的。"有时候我妹妹说，"他过年时一定回来。"

但这话对我妈已经起不到多大的安慰作用。我好几次看见她泪眼婆娑。我除了哄好妹妹（别让她像条尾巴似的跟着妈）和寻找一些灰灰菜、浮萍、酸猪草回来喂猪外，帮不上她别的忙。那时，我们每个人的脸上都写满沮丧，谁也不愿意多说什么。

收音机很久没出声了。某天我偷偷拆开它，发现它肚子里的电池溢出稀屎。我妈在一旁吼了起来：别动那该死的东西。她把废旧电池扔到了屋外面的地里。我和妹妹追出去找到它们，敲下电池盖作为一种游戏的筹码。她要跟我抢废电池，没抢着，大哭起来。

跟一个比自己小的孩子玩，是件很幼稚的事。所以，某天我突然想起了上次去赶集时在路边遇见的那个女孩。她差不多和我同龄——甚至会比我大一点。我萌生了一个念头，去找她玩。当我这样想时，我几乎没有一丝犹豫就出了门。我妹妹哭着要跟我走。我告诉她路上有鬼，专抓爱哭的小孩。

路边长着许多树，我只认识三五种。我们最熟悉的青冈树，这个时节正将它们那些不能吃的青冈果高挂着。再过一段时间，青冈果熟了，从树上掉下来，被人踩裂，露出白色的果仁。遗憾的是这东西长得像板栗，却只能用竹签串起来，做成青冈陀螺。我还认识松树，松针用来垫圈、沤肥，成材的做大梁，不成材的做烧柴。至于其他的树，像我们这里的人一样自卑，连个像样的名字也没有，甚至你翻遍字典，也无法找到相应的字。

松鼠和麻雀在树林间跳跃。我向它们扔了几个石头，但全让这些杂种逃脱了。我忘记拿弹弓了。就让它们多活几天吧，我想，迟早我会把它们打回去烧了吃。此时，我脚下的路上，杂草奄奄一息，以断残枯瘦之躯向世人昭示着它们的生命力。如果是夏天，这些草可嚣张了。它们朝着路中间生长，像一对对情侣，伸出手臂，群魔乱舞。

前一次赶集回来，我妈故意考验我，说她迷路了，我成功带她回了家。所以，这一次，我准确无误地走到了那片水田边。

水田还是我上次见到的样子，装满了水，明晃晃的像面镜子，装着一动不动的蓝天和慢悠悠的白云，以及飞鸟和飞机。真的，我在水田里看见了飞机，它像一只白色的蚂蚱。与此同时，雷霆般的轰隆声从天空滚过。我那时对飞机充满幻想，觉得它有三间房子那么大。我仰起头，在白云之间寻到了飞机，目送它消失在蓝天。然后，我蹲下身，打量着水里那个头发凌乱、肮脏、瘦小的自己。三只水板凳（水黾）游过来，其中一只伸出右前脚蹭了蹭自己的脸，游走了。早上起床时，我没有洗脸。我觉得它们是在羞辱我。

有那么一瞬间，满目的金黄刺痛了我的眼。这个季节，其他的田里长着黄澄澄的稻谷，只有我家的田荒着，像块伤疤。

水田边的房顶上，冒着炊烟。一只黑狗，缩成黑乎乎一团，躲在瓜架下。过了不久，从两扇发黑的木门里晃出来一只鹅，昂头叫着，巡视一番，又回去了。我就这样立在水田边，目不转睛地盯着不远处的那道门。空气中有炒白菜和煳辣椒的味道，我的肚子叫起来。此时，我妈应该是在四处寻我吃饭，而我妹妹说不清我的去向。自从我爸走后，我已经屡次尝到了和她对着干的乐趣。

那道黑色的木门一直关着。院子里偶尔传来几声鹅叫。盯着那里看久了，我的眼睛干涩，想流泪。我撤回目光。风吹动谷穗哗哗响，那些原本已经低头的稻子，突然骄傲了，浪潮一般向我扑来。蜻蜓和谷雀惊飞起来，迟迟不敢落下。我这时才发现，那些立在田埂上的稻草人很好看。它们代表了主人的创造力和想象力。红的、绿的、蓝的、黑的稻草人，戴着帽子的、光着头的、挥着手的、垂着手的、只有一只手的稻草人。

但是，开门声将我的注意力从稻草人身上拉回来。羊从门里走出来，一共十七只。最后走出来的是一个戴草帽背水壶的中年人。他赶着羊群上了山。太阳在我的头顶，水田里的波光炫目。又过了一会儿，那个小女孩终于从门里走了出来。我赶紧朝她招手。她似乎没看见，我忍不住朝她"哎"了一声。这下她看见了，傻愣愣地站着。

"过来玩！"我说。

两只正在交尾的红蜻蜓从我眼前飞过，落在一株稗子上。"过来捉蜻蜓。"我又说。

她犹豫着朝我走了过来，越来越近。走到离我一米远的地方，站住。

"蜻蜓呢?"她问。

"飞走了。"我说,"但还会飞回来。"

一个穿青布衣服的老奶奶出现在她家门口,叫了小女孩一声,但我没听清她的名字。待老奶奶返回院里后,她又朝我挪了几步。

"我见过你,"我说,"那时我和我妈在一起,从你家屋檐下走过。"

"我记得。"

"你那天说的是啥?"我问她,"就是那一连串的话。"

"电影里学来的,"她说,"你没看过电影吗?"

我摇了摇头。我想告诉她,我家只有一台勾走了我爸的身体和灵魂的收音机。她突然高声朗诵道:

"同志们,快快走,马上就到乌江口……"

我觉得眼前一亮,但随即又陷入了迷糊之中。"对对对,就是这个,你再说一遍。"

"同志们,快快走,马上就到乌江口……"

她又说了一遍。我跟着学了一遍,但不得要领。"你真笨,"她说,"是乌江口,不是都江口。"

"你教我嘛,"我说,"教会了,我回去念给我妹妹听。"

她想了想,说出了"土瓜"。她说,如果我帮她挖土瓜,她就教我。

"土瓜是什么?"我问,"我只知道黄瓜、西瓜、南瓜和地瓜。""土瓜就是土瓜,"她说,"田埂上就有。"

　　她指着我家的田埂。那里长着一片叶子像马蹄样的植物，有细细的藤，花已经谢了。时至今日，我仍然不知道我们当初所说的"土瓜"是什么。它既不是地瓜，也不是那种可以当水果的土瓜。它就是一种生长在潮湿处的野生的红薯样的东西。

　　"怎么挖？"我问，"用手刨吗？"

　　我不经意地亮出自己的黑爪子，又悄悄缩回兜里。而这时她说，如果我答应的话，她可以回去找锄头。但事情哪有她说得那么简单？

　　"挖的土瓜算谁的？"我问，"这可是我家的田埂。"

　　"我教你说电影里的话。我会的可多了。"

　　"田埂挖了会漏水。我妈晓得了会打我。"

　　"给你三个土瓜。"

　　"我还没吃饭。"

　　"那就五个，"她说，"照你这么说，那锄头还是我家的呢，而且我也和你一起挖。"

　　我答应她了。我来的目的是找她玩。我们总需要一种玩法来打发时间。她朝家跑去，过了很久才扛着两把小锄头飞奔回来。

　　在她的指挥下，我沿着土瓜藤挖下去，没几下就挖出了一个小红薯样的东西。但还没待我反应过来，她已经将土瓜抓到了手里，就着田里的水洗干净塞进嘴里大嚼起来。

　　"好吃，又甜又嫩又水。"

　　她转过身去，背对着我，快速嚼了起来。我想，土瓜的味道应该和红薯差不多。这时我很快又挖出了第二个土瓜，和刚才那个差不多大。它被泥土裹着滚到田埂下，我没有拦它。她也没有发现。她吃完那只土瓜，和我一起挖，但她的运气似乎没有我好，挖了很久，只挖到一窝蚂蚁。

　　"见鬼了，"她说，"我最怕蚂蚁了，它们咬到人会起水疱。"

　　"我觉得蚂蚁蛋像大米饭，炒了应该很好吃。"

　　"恶心鬼，"她说，"再说就滚远一点。"

　　"哈哈，笨蛋，逗你的啦。"我说，"我饿了，没力气了。"

　　"我奶奶在家，"她说，"不然，你可以去我家吃饭，我爸昨天从山上捡回了一只野兔，死的，但很好吃。"

　　我也是吃过野兔的人。我爸是个好猎人。野兔、野鸡、野猪、麂子、岩羊……有次他甚至干掉了一只盘旋在低空的鹰。可以这么说，这天上飞的、山上跑的，只要能吃的东西，我都吃过。要是我爸还在家，我会对捡死兔子这种事不以为然。

　　"赶紧挖吧，"她说，"你看那根粗藤下，一定有大东西。如果挖到了，你先吃一个。"

　　她说对了，粗藤下面的土瓜有拳头那么大。她有点嫉妒，但又没有办法。我洗净了皮，咬了一口，整个身体充满了香甜。我闭上眼睛，用舌头感受它在我嘴里的存在，沙沙的，细细的，每嚼一下，汁液就溢满了我的嘴。土瓜没有红薯甜，但比红薯多了一种野生的美味。

"好吃，"我说，"要是天天吃多好。"

"让你父母在田里种土瓜吧，"她说，"这比荒着好多了。"

我马上纠正了她这个想法。"你以为野生的东西移栽在地里会活得更好？但事实并非如此。我和妹妹栽过草药和野花，结果它们全死了。甚至，我爸还送过我们一只小猫头鹰，但同样养死了。"

"那是因为你不会养，"她说，"我妈在的时候，院子里种着很多野东西，半夏、茶花、杜鹃、茯苓……都是山上来的。但是现在它们都被我爸养死了。"

"你妈妈，不在了吗？"我问。

"她跟放电影的人跑了。"她说，"所以，想她的时候我就念电影里的话。"

"那你现在想她吗？"我问。

"挖你的土瓜吧，"她说，"我现在不想说电影里的话。"

她和我一样，没有穿鞋，而且很久没梳洗的样子。她顺着土瓜藤小心翼翼往下刨时，让我想到了老鼠。她的头发胡乱地扎在一起，随时都会散开。至于脸和脖子，像是黑漆经过了漫长的时光。

第三个土瓜是她挖到的。她洗净后，递给了我。

"给你吃吧，"她说，"你比我饿。"

我摇了摇头，神秘一笑，从一堆泥土里翻出了我偷偷埋下的那个土瓜。

"啊，你个坏蛋，"她说，"比莫坏人还坏啊。"

"莫坏人是哪个？"

"欺负刘三姐那个，"她说，"我妈长得像刘三姐。"

我们决定休息一下，去不远处的一块石头上晒太阳。这个季节，风中已有了凉意，我们需要阳光驱散身上的潮湿。蜻蜓在稻穗上起落，偶尔传来几声蛙鸣。我又一次看向了那片荒田。

"我爸也走了。"我说，"不是死了，是出门去了。"

"那你妈一定很可怜，"她说，"我妈走后，我爸就喝酒，醉了就骂人，骂完就流泪。"

"大人们都差不多，"我说，"不管是留在家里的，还是走了的。"

"没良心。"她嘟哝了一句。

这话我妈也常说。她说我爸没良心，丢下我们不管。但我觉得这话未必公平。我爸不像没良心的人。有天我这样回了一句，结果被我妈敲了几下脑袋。所以，当小女孩又这么说的时候，我选择了沉默。但她的嘴却没有闲下来。

"我不恨她离开，"她说，"我恨的是，她不带我一起走。"

"如果跟她走了，你没有爸爸；如果留下来，你没有妈妈。都一样。"

"不一样，"她说，"我不喜欢这里，早晚都要离开。"

我看了一眼她说的"这里"。稻谷染黄了田野，玉米林里传来飒飒声，稀稀落落的几户人家，安静地伫立在平地上。

我们都一样，就这么活着，一天天，一年年，老去，死去。

"我觉得我爸不是没良心的人，"我说，"他是个英雄。"

"他敢炸碉堡吗？"她问，"堵枪口呢？"

"什么？"

"电影里的英雄。"

我不知道什么是碉堡，但明白堵枪口是咋回事。我爸确实做不到，他最多敢烧个马蜂窝吧。

"但是，他敢离开这里，去寻找更好的地方。"我说。

我差点哭了起来，为我爸。这么想来，他多了不起。抛下我们，去外面寻找一个更好的地方。只是我担心，有天他找到的那个地方并不属于我们，而属于他和别的女人和孩子。

"他说要开着卡车来接我们的，也许现在正在来的路上。"我底气不足地说。

此时有飞机掠过天空，银白色的，和我们折的纸飞机差不多大，但它发出的声音像是在天空中滚过巨大的石碾子。我们先闻其声，然后几乎同时抬起头在天空寻找飞机的踪影。直到飞机钻进了一片乌云，我们才又重新回到了田埂上。

"继续挖，"她说，"你这个懒家伙，难道你在家里不干活吗？"

"我累了。"我说着，在田埂上坐了下来。

她将小锄头塞我手里，但我仍然一动不动。我呆呆地看着远方，那是更高的山，我看到了公路，还隐约看见奔跑的车辆。这时，她似乎已经失去了耐心，从我手里拿回小锄头，扛在肩上，走了。

"喂！"我说，"你真的要走了吗？"她继续朝前走，不回头，不吭声。

"我有一个更好玩的东西，你想不想要？"她并没有停下，但放慢了脚步。

"你回来吧，"我说，"回来我就告诉你。"

她终于停下脚步，但没有转过身来。她在等我说出接下来的话。我朝她跑了过去。

"再玩一会儿吧，"我央求道，"你把我丢在这里，我咋办？"

"你从哪里来，就滚回哪里去。"她说。

她又朝前走，一只青蛙从她面前的草丛里蹿起，扑通跳进了水沟。她停了一下脚步，然后继续朝前走。

"哎，"我说，"我真的有个好去处，你想不想去？"

"如果你骗我，我会打死你的。"

这个女孩转过身来，看着我，她说话的语气严肃得让人想笑。她比我高一些，如果真要打架，我未必是她的对手。更何况，她的家就在不远处。

"快说，啥去处？"

"我们离开这个鬼地方吧。"我说。

她愣了一下，随即笑了起来。她放下了肩上的小锄头。

"我们离开这个鬼地方，能够去哪里？"她问。

"山的外面。"我说，"比如昆明或者成都，实在不行，走到县城也好。"

于是，我们就这样决定，离开这个地方。我们丝毫不觉得这样有何不妥。我们激动不已，在路上坐下，开始商量接下来的事。她觉得要先回一趟家，把小锄头送回去，顺便带上压岁钱。至于我呢，一无所有，也无牵挂之事。那是我第一次发现，自己在这个世界上其实可有可无。

她进屋以后，我一直盯着那道黑色木门。屋里传来说话声，但听不清具体内容。过了几分钟，她打开门，向我飞奔而来。她已经穿上了一双半新半旧的胶鞋，背了一个绿色书包。她将手里的一双大拖鞋扔在地上，说那是给我的。

"走山路，没有鞋可不行。"她说，"这是我爸的拖鞋，虽然大一点，但是比光脚要好。"我套上了那双大拖鞋，感觉它们像两只船。如此一来，我走路时虽然脚底软和了一点，但并没有先前那么利索。我们准备离开了。

"你认识路吗？"她问我。

"路在脚下。"我昂着头说。

穿那双拖鞋走起路来，像是长着两根大尾巴。它们不断地拍打着我的脚后跟，发出响声。我走在前面带路，朝着集市的方向走。除此之外，我不认识别的路。上次我们去集市，我看到街边停着一辆绿色的大货车。我想，我们需要搭一辆那样的车，才能离开这个鬼地方。

为了认路，我开始在脑海里回忆半个月前去集市的情景。我很自然地想到了我妈以及这个女孩说的那些电影里的话。此时，这两件事情之间突然有了一种对立关系。但最终，电影台词煽起的激情，将我妈的影子轻轻抹去。我张嘴喊了出来：

"同志们，快快走，马上就到乌江口。"

"是的，"她说，"电影里，同志们走累了，就有人打快板。"

我问啥是快板，她想了想，捡了两片薄石在手，敲打起来。虽然节奏混乱，但我大概明白了快板是一种什么东西。她敲打着，我高喊着，我们一同朝前走。

我们要穿过大片丛林，才能进入村庄，然后过河，爬坡，甚至要走过大片的坟场。虽然这还不是全部的路线，但我仍为能记起这些标志性的东西而高兴。午后的阳光从树枝和树叶间漏下来，将阴凉的路面烙上了一块块光斑。风吹来，光斑变幻着，跳跃着。

"啊！"我突然在路中间站住，和紧跟上来的她差点撞上去。

"我们忘记了一件大事，"我说，"我们连名字都还不知道呢。"

"这算屁的大事啊，"她松了口气，"我叫采药，我妈生我前还上山采药，所以就取了这个名字。你呢？"

我告诉她我的名字。她只是"噢"了一声。她为我的大惊小怪而不满，催促我走快点。但我觉得自己已经尽力了。由于穿着大拖鞋，我走路时如陷泥泞，好几次差点崴了脚。

"我们怎么办呢?"采药像是在喃喃自语,"以后,我们怎么办呢?"

"有我在呢,"我拍着胸脯说,"我们会一天天长大,长得像我们的父母。"

"我可不要像他们,"她说,"我才不会丢下自己的孩子不管呢。"

"我也不会丢下你不管。"我说,"我们今后,会一直在一起。"

她要我发誓,我不知道该怎么做。她让我站在路中央,举起右手,伸出食指和中指,说如果我丢下她就……永远长不大。这又是她从电影里学来的东西。

说起电影,采药的表情时而激动,时而愤怒。激动的是电影里的内容,愤怒的是放电影的人带走了她的妈妈。她大概从五岁开始,就跟着她妈去看电影。三年来,只要那个放映员来到附近村寨,她妈总是放下手里的活计带她去。但是某次当她从电影里回过神来,她妈不见了。放映机转动着,放映员也不见了。她穿过枪炮声去找妈妈,却在一个黑暗的角落里遇见他们抱成一团。

"她真的疯了,居然想去当演员,"采药说,"她把我们家当成了放电影的幕布,把她当成了电影里的人。"

"后来呢?"我问,"你在电影里看见过她吗?"

"她走后,我再也没有看过电影,"她说,"我爸一听我说电影里的话就骂我。"

"今后你想说就说，没人骂你啦，"我说，"我喜欢听你那样说话。"

"但我现在不想，我想唱。"

"那就唱吧。"

那时我们的前方是一片野荔枝林，红红的果实挂在枝头。我向着野荔枝树跑去，她站在路上唱歌。她唱的是："送战友，踏征程。默默无语两眼泪，耳边响起驼铃声……"她唱到"战友啊战友"的时候，声音哽咽，而我却在树上哈哈大笑起来。

她依然站在路中间唱，根本不理我的叫喊。她唱完这首，又唱了另外一首，我听懂了其中一句"路边的野花不要采"。

她终于停止歌唱。我把衣服的下摆塞进裤腰里，让上衣变成了一个袋子。当我从树上下来时，她笑我像个怀孕的女人。有了野荔枝，我们安心地分着吃了她从家里带来的饭团和土豆，重新上路。

我不知道这荒草中若隐若现的路还有多长。如果我们走到更远的地方，就能看到这座山的全貌。就像我们看对面的山一样，这绿色的海洋绵延不绝。那时的山里，还是鸟兽的世界。父母轻易不让我们进山。怕豺狼，怕迷魂草，有时候也怕潜藏在山上的坏人。那天，我们一点也不怕，我们滔滔不绝地说着我们所知道的一切。

"你要是能做个放映员多好，"她说，"那我就可以天天跟着你看电影了。"

我从未想过自己要做什么。但这个时候，别说只让我做个放映员，即使让我开飞机，我也敢答应。接下来，我们能干什么呢？我们开始探讨这个问题。

"我可以去帮人找猪草，"她说，"我认识不低于二十种可以喂猪的东西。"

"那我可以去帮人放牛，"我毫不示弱，"我最多的时候放过三头牛一匹马，晚上还能顺便扛回一捆柴。"

我们搜肠刮肚，挖空心思，想我们在这个世界还能干什么。比如，她可以帮人带孩子或者洗碗，我还会放鸭子和割草。当然，我们还想到了另一种可能，比如某个无儿无女的家庭收留了我们，让我和采药像姐弟一样地生活在一起。这样想，我们高兴极了。

前面是个村庄，低矮的红瓦房挤在一块平地上。村庄的下方是沟壑，我们过了这个寨子，跨过那条沟，又将走入山林中。

"等一下，"我说，"我们需要准备好打狗棒。"

采药发出带着哭腔的一声"啊"，猛地刹住了脚步。她的身子不由自主地开始后退，那样子倒像是条发出呜呜声的小狗。

"勇敢点，只是狗而已，"我说，"虽然我不知道前面寨子里有条狗，但我敢肯定，狗肚子里剥不出人来。"

采药拼命摇头。她在路中间坐下，伸出双腿，双手向后撑住了身子。

"我怕狗，"她说，"我被咬过，过了二十天才站起来。"

这时，我已经找来了两根结实的打狗棒。它们沉甸甸的。我敢肯定，如果用这两根木棒照着狗头打下去，绝不会折断。

"走吧，"我说，"对付狗，我最有办法了。蹲下身子，怒视它，或者假装手里有石头，向它扔去，它都会吓跑。"

"我不走。"她说，"要走你走。"

"好，那我就走给你看。"

我让她待在原地，然后提了打狗棒在手，朝那个村寨走去。我数了一下，大概有五户人家。在那个年代，每家养两条狗是正常的事。如此算来，那里有十条狗。当然，它们通常是各有其主，并没有我们想象中的那么团结。像我们这些生在农村的人，谁没有遭遇过恶狗的袭击呢？我的后腿上，至今还留有两个无法平复的肉疙瘩，每次摸到它们，眼前都会浮现出两条恶狗。而那天，我走着走着，感觉那两个肉疙瘩复活了，疼起来了，并且疼痛的面积在扩大。

我腿疼，我在心里告诉自己，不是胆小，是腿疼。

我回头看采药，她正在盯着我看。我握紧手里的木棒，放慢了脚步。虽然腿又疼又酸，但我还是往前走。越靠近房子，生活的气息越浓。脚下的路比丛林里的更宽了。地里种着白菜和蒜苗，用来浇水的瓢还在地边。有几片水果糖的包装纸扔在路上。一堆垃圾扔在路边。一丛竹子在风中摇曳。两棵高大的棕树，挺着赤裸的上身。桃树的叶子快掉光了。一只母鸡带着一群鸡仔在草丛里刨食。

屋顶的瓦片陈旧，轻轻一捏就会碎掉。一堵墙风雨飘摇。

两个院子分布在路的两边，两道门对立着，两条狗在门前打盹，一白一黑。我暗自庆幸，是我先发现它们，而不是相反。我几乎趴到了地上。我不知道如此一来，它们是否还能看见我或闻到我的气息。我顺利地趴着从路上倒退了回去。直到我认为自己已足够安全，方才站起来，飞奔回采药面前。

"确实有狗，"我说，"两条，在睡觉。"

"狗耳朵很灵的，"她说，"也许它们在装睡，等我们走到跟前，就猛扑过来。"

"那咋办，"我问，"难道我们就这样等那两条狗死去？"

"你是男人，该你做主。"

"我的意思，"我挽起了袖子，"我们勇敢地走过去，我走前面帮你挡狗。"

"那万一狗偷偷从后面来呢？"她说，"那些不出声的狗，才是最可怕的。"

"那我走后面，防着偷袭。"

"那狗正面扑来咋办？"

"那你走左边。"

"白狗扑上来呢？"

"那你走右边。"

"右边有黑狗。"

"那我背着你走。"

"两条狗同时扑来，你完全招架不住。"

采药丝毫不差地回答了我预期的问题。我只好说，这真的没有办法了。她表示赞同。

"我是可以走过去的,"我说,"但我是个男人,要说话算话,不能丢下你不管。"

我们面对面坐在地上,相互看着,完全没有了先前的激动。秋天的阳光像张巨大的黄毯子,裹在山林和村庄身上,我们昏昏欲睡。不远处的村寨里偶尔传来几声犬吠,刺激着我们昏沉的神经,我们又谈起了眼下的麻烦。

"怎么办?"

我们同时问对方,又同时摇头。我们想拖延时间,但时间不等人。有人从地里干活回来了,进了家门。牛羊回到了圈里。屋顶升起了炊烟。我们仍然这样坐着。这并不是说我们连坐姿都没有改变。我们在路上玩了一会儿抓石子,各有胜负。我们甚至借着路边的一棵小树跳了一会儿绳,这个她比较擅长。我始终没有赢过她的是踢毽子。虽然我腿后的疼痛感消失了,但双腿像两截笨拙的木头。书包里的野荔枝,是我们输赢的赌注。她吃下了大半,直喊撑死了,撑死了。

当我们玩累了,就一起眺望远方。一条路插入山林。更远的山林里又生出一条路。群山像一道道巨大的褶子,没完没了。长大以后,我读过一本书,叫《世界是平的》。我觉得这个书名有问题,世界是一道道由山组成的褶子。那时,我和采药与这个世界之间,就隔着一个村庄和几条狗。如果我们跨过去,也许就到了世界的中心,就告别了我们生活的西南蛮荒之地。

黄昏已经来临。太阳撤走了黄斗篷，世界即将陷入黑暗。我们突然想家了。我们奔跑起来，发出沉重的呼吸声，但都没有哭。丛林里，无名之鸟叫成一片。松果从树上落下，跌入枯草丛，发出脆响，我的头上冒汗。

还能勉强看得到路的轮廓。起初是我跑在前，采药说她怕，换她上了前。但路边发出的一点点响动都能令她尖叫起来。于是，我们牵住手，并排朝前。

"别怕啊，"我说，"有我在。"

我颤抖的声音，不但不能给她带来勇气，反而让她更加恐惧。她酝酿已久，终于哭了起来，先是嘤嘤嗡嗡，然后是号啕大哭。

"路被眼泪和汗水遮住了，"她几乎是在哀求，"走慢点，我看不见。"

我牵住她的手，像是在指引一个盲人在夜里行走。事实上，我们是在挪动。那些鸟儿终于消停，风开始刮来，树木杂草复活了，可以想象它们黑夜里全动了起来。采药以哭声驱赶着恐惧，而我只能一遍遍徒劳地安慰她。

突然，我们同时闭上了嘴。我们同时看到前方路上，立着两个黑影。我们想转身跑，但已经来不及。我们想瘫倒在地，但这显然也不行。我感觉到采药的手攥得更紧了，一种垂死的挣扎。"你们哭啥？"一个黑影开口问。这是一个男人的声音。

"我们害怕。"我们同时说。

"怕啥？"黑影朝我们走了一步，我闻到了他身上的汗味，却看不清脸。

"怕鬼。"我说。

黑影哈哈大笑。我以为他要安慰我们别怕，哪知他突然换了一副幽幽的语气："我就是鬼。我要吃了你们。"

采药大哭起来，她在叫她的妈妈，说："妈呀，我遇到鬼了，你快来救我。"这哭声引来了一串笑声和责备声。

"你要死啊，你别把人家孩子的魂吓飞了，"这是一个女人的声音，"你们的家在哪里？"

我和采药说出了父母的名字和我们刚刚经历的失败的计划。这一次，他们俩都笑了起来。

"哎哟，"那女的说，"没看出来啊，你这两个人小鬼大的家伙。"

"比我们还厉害。"那男的说。

采药可能也意识到了，眼前这两个，不是鬼，是人。她已经不哭了，但还牵着我的手。

"山里其实既没有鬼，也没有豺狼虎豹，"那女的说，"你俩沿着这条路走，就能到家啦。你们的父母，肯定急死了。"

"我害怕，"采药又开始抽泣，"我妈说山里有熊瞎子，抓到人就哈哈笑。"

"别哭了，"那女人说，抚摸了一下采药的头，"我们商量一下。"

他们在商量是否送我们回家。那男的反对。他们争论起来，又渐渐平息。他们找到了解决方案。

"我们可以送你俩回家，"那男的说，"但是，有两个条件：一、绝对不准对人说遇见过我们；二、我要蒙住你俩的眼睛。如果你们不答应，那我们就要走了。"

我和采药忙不迭地点头。我们的脑袋很快被两件旧衣服罩住了。其时我想，这完全是多此一举。拉住我的男人的手，粗糙有力，像把钳子。不用看我也知道，那女的牵住了采药的手。在这黢黑的林间小道上，又被人蒙上了眼睛，我内心的恐惧并没有减少。夜鸟在路边的丛林里鸣叫，我们的脚步很响亮。我试图挣脱他的手，但他抓得很紧。我叫了两声"叔叔"，他没有理我。

那女的和采药聊了起来，她的语气温柔得像一匹丝绸。"你摸摸，"她说，"摸到了吗？"

我听见采药"嗯"了一声，语气里没有一丝害怕。"是的，"那女的说，"我有宝宝啦。"

黑夜拉长了那段路。四个人共用一支手电筒，显然是不够的。所以，他们不时小声地提醒我们注意脚下的坎、刺和石头。我们的耳朵雷达般的张开，捕捉着声音的信息。虫鸣、风声，以及迎面而来的说话声。

我们被猛地拽入了路边的丛林里。手电筒关了。"别出声。"那男的警告我们。我紧闭着嘴，屏住呼吸，但我的心脏却跳得厉害，像有一只小鬼在擂门。那些人从离我们不远的路上走过。我能够清楚地听见他们的脚步声和说话声。

"坐火车是什么感觉？"一个声音问。

"像坐在你家堂屋里一样，一点感觉都没有就到了。"另一个声音回答。

我应该感谢他们匆忙的脚步，不然我会被憋死。当他们的脚步声消失了，我们重新回到路上，这对男女长舒了一口气。接下来的路，我们如履薄冰，放轻了脚步，却又奋力向前。也不知走了多久，我们终于停下。

"闭上眼睛。"那男的命令道。

他松开了我的手，取下蒙在我头上的衣服。一旁的女人，也在采药身上完成了相同的动作。

"在听不到我们的脚步声后，你们才能睁开眼睛。"那女人的声音听起来更像是哀求。

他们的步调几乎一致，小跑着离开。连最后一丝声音也被风带走后，我和采药同时睁开眼睛。月亮是什么时候升起的？采药家的房子在月光下像个巨大的黑石头。我家的荒田银光闪闪。

我和采药看着对方，脸上没有一丝挫败。相比我们漫长的一生，出走才刚刚开始。

新婚快乐 |

张生打来电话说，婚礼取消了。我说，哦，知道了。

今天，这个号称只有春天的城市下雪了，人们像疯了一样倾巢出动。真是可怜的少见多怪的人们。收音机里一直在播报路况，青年路、北京路、和谐路、中山路、环城路……城里所有的路都拥堵。你可以想象这样的场景，一动不动，心烦意乱，骂骂咧咧。不光如此，那些从郊外踏雪而归的人，也被堵在了城外。真不知道他们是否后悔去学古人踏雪寻梅。

我正在赶赴一场婚礼，中途接到另一场婚礼的取消电话。我随手删除了张生的号码。张生，张先生，我忙得连多输入一个字的时间也没有。我也不指望他有过多的解释，毫无必要。做了八年司仪，我遇见过三次前任大闹婚礼，一次新郎得急性阑尾炎送医院，一次新娘痛经到头晕呕吐，两次临时取消婚礼，不知所因。这没什么。结婚没什么，取消也没什么。

令人心烦的是眼下这交通。不用说，这城市已经变成了一个巨大的停车场。雪落在挡风玻璃上，被雨刮器荡开，落下，荡开，像一对恋人无休止的分合。这患了肠梗阻的街道，红灯绿灯统统失效，就连站在十字路口、头顶风雪的交通警察也成了摆设。小旗子、哨声，司机们视若无睹、听而不闻。只要不追尾，能朝前挪一寸，就离目的地近了一寸。看雪何必去郊外？此时只要开车出门，堵在路上就能一次看个够，并且此后多年仍然记忆深刻。

雪确实能够带来回忆。我上一次看见雪是十年以前，那时我怎么也没想到自己某天会成为一名司仪。那时我在乡下，跟人学打铁。在乡村，人们已经不需要铁匠，但我喜欢铁匠的女儿。铁匠的女儿白得像雪，这真是怪事。铁匠的女儿正眼也不瞧我一下，考上大学去了外地，像雪消失于春天的大地。于是，我只能像风一样地追着她来到城里。两年前，我主持了她的婚礼，并且收下了他们的红包。

前面的面包车脏兮兮，像是昨天刚出土的文物。但司机却是个急性子，见缝插针地朝前拱。一个能把面包车开得像坦克的人，我跟着它，算是走运。有好几次，面包车差点跟旁边的车擦碰，但它一副命如草芥的样子，别人只好主动刹车让行。我小心翼翼地把着方向盘，脚上不停地点着油门和刹车，眼前只有白色的雪和红色的尾灯。电话又响起，是洛丽打来的。我不能不接。

她劈头盖脸地问我："到哪儿啦？"连个称呼都没有。

"铁路二小门口，"我看了一眼窗外，报出准确的地址，"还有二十分钟，应该不会迟到。"

"不是应该，是必须。总不能让我闺蜜和她老公站在台上等司仪吧？"

洛丽有些不高兴了。此刻，她一定是嘟着嘴、丧着脸，气势汹汹。俨然一朵怒放的花朵。

"放心，我这就踩着风火轮来。"

挂了电话，我又跟着前面的面包车移动了一二百米。雪下得欢快，似乎是为了回报人们对它多年来的期盼。再这样下一夜，明天城里也能堆雪人打雪仗了。如果这样，我也许可以约洛丽出来吃个火锅。她喜欢吃鹅肠和鸡胗，还有漂洗得发白的牛肚。这个女人，我们认识已半年，她像个钓鱼高手，从不浪费饵，却又三番五次让人心甘情愿地去咬钩。在面对女人这件事上，我天生迟钝，所以只能做条傻鱼。洛丽喜欢傻鱼，她养了两条金鱼在家里，一红一黑，每次见到洛丽都只会张嘴摆尾。

"你看，这鱼像不像你们男人？"一个星期前，我们去唱歌，都喝了酒，我送她回家。

"哪里像？"我问。

"动不动就想吃。"她说。

这话像一瓢冷水泼进我的裤裆，我只好蔫蔫地离开了。但是第二天，她又一大早在微信上给我发来消息，说我唱许巍的歌像原唱，特别是那首《九月》。我们又聊了一会儿，她便说起闺蜜要结婚，想请我去主持。我欣然答应，只是没想到婚礼会遇上这雪天。

车到酒店门口，我一眼就看见了洛丽。她穿了一条粉色的长裙，站在穿白色婚纱的新娘旁。她使劲招手："这里，这里。"酒店的保安小跑过来，指挥我停好了车。

"谢天谢地，你终于来了，"洛丽夸张地喊道，"你不来，我们就一直等下去。"

我呈上红包。司仪的红包。我看了看新郎和新娘，还算般配。男不帅，女不美，矮个子，胖嘟嘟，如果把他们再缩小，制成玩具，孩子们应该会喜欢。我和新郎握了握手，他的手凉透了，我对新娘笑了笑。

"这是我朋友庄闻，金牌司仪，"洛丽说，"这是邱忠和末末。"

六点整，天黑了。身后的马路上响起长长的喇叭声。除了伴郎、伴娘和洛丽，已经没有人站在风雪中陪伴新人。我知道在二楼的宴会厅里，客人们正盼望着婚礼早一点开始，好喝下鸡汤和白酒，然后大快朵颐。其实像我这样的人，也无非就是在婚礼上主持一个仪式，让婚礼看上去更符合别人的想象。我们是礼仪之邦。所谓的礼，其实就是细节。

春有百花秋有月，夏有凉风冬有雪。每个季节，我都会准备一套开场白。但一念就是八年，真是有口无心了。所以，我不想再去赘述一场毫无新意的婚礼。我要说的，是婚礼上遇见的一个男人。

那时，他坐在我对面，紧张而迷茫地抽着香烟。另一只手，像只不知所措的螃蟹，一会儿爬向尚未开封的碗，一会儿又伸进装糖的盘子中，却又空手缩了回来。

"辛苦你了。"我刚坐上桌时，他便从对面走过来，突然握住我的手。他显然不经常和人握手，无法掌握好力度，加上手掌坚硬粗糙，抽回时让我感到刺痛。我礼貌性地回答："没关系，应该的。"按理，他还应该再说句啥，但他沉默了。我们站了一会儿，然后回到各自的座位。

隔壁一桌坐的是新郎新娘的父母和亲戚。他们热烈地说着新郎新娘小时候的事，小学数学考三分啦，放学走丢啦，喜欢吃麻辣条然后吃到吐啦……这些鸡毛蒜皮的小事，经他们的嘴说出来，就像所有人都是见证者一样。其实，他们想说的，无非是光阴似箭，一转眼就结婚了。

我们这一桌，则刚好相反。大家都不认识，凑一起，无非就是为了吃顿饭。就连坐在母亲身边的那两个孩子，他们年龄相仿（八九岁），也相互看着，陌生而警惕；一个染着黄头发的年轻人，像是发型师，兀自玩手机；坐他旁边的女孩，应该是化妆师，两片眉毛，像毫无生气的柳叶，死巴巴地贴在眼皮上方，让人想帮她一把扯下扔了；那个长发男子，应该是在婚礼中负责影像的，他坐了一会儿，拿出一个黑色单反，起身拍照去了。桌上的那盘瓜子和花生，很快被抓光。菜才上了两个。

最煎熬的是刚才跟我握手的那个男人。他刚剃的平头像截树桩，穿一件灰色西装，敞开着，里面套了件皱巴巴的白衬衫，仿佛是为了突出胸前那条狗舌头样的红领带而没穿毛衣。他一直微笑着，看看这个，看看那个，但并未引起别人的回应。他看起来像个农民。我没有歧视农民的意思，我也是农民，我父母至今还在乡下种地。他努力让自己穿得不像个农民，但明显失败了。城市像块大磁铁，吸引着农民走向它，这一路上，是他们丢弃乡村的叮当作响声。方言、习俗、服饰……统统丢在了进城的路上。但是，想要抹去出身的标签，并非换个衣服和发型那么简单的事。

此刻，他又看向了我，我朝他点了点头。他从兜里掏出一包香烟，撕开，请大家抽。但除了我和他，其他人都不抽烟。他流露出感激的样子，用早已准备好的打火机帮我点燃了香烟。

"坐吧，"我说，"我们两个抽烟的人坐一起。"

于是，我请旁边的人挪出了位子。他在我身边坐下，微笑着，却不知道该说什么。又上了一道菜，他终于找到了话题。

"开吃吧，"他说，"大家不要客气，动筷子。"

说着，像个热情的主人，站起身来，拧开了白酒，给每个人倒酒。同样的，只有我和他喝白酒。他似乎有点遗憾，又开了啤酒，给那个发型师倒了一杯。开了橙汁，让两个小孩喝。

我举杯，和他碰了一下，说，样样好啊。他说，样样好，样样好。他一口喝干了杯中酒，拿起酒瓶，等我放下杯子。我陪他干了，两人又各倒了一杯。

"吃菜，吃菜，"他说，"千万别客气。"

别人并没有客气，都在自顾自地吃喝。他不光像个服务员似的关注着我们这一桌的吃喝，还留意着隔壁桌的动静。有几次，隔壁桌的笑声猛烈地传过来，他的脸上也跟着露出笑容。

"我心里高兴啊。"他突然说了一句，声音不大，像是专门说给我听。

"今天是个好日子，"我说，"我们都应该高兴。"

"我是真心高兴，"他说，"二十几年来，从未如此高兴。"

我很想问他这高兴与悲伤的时段是如何划分出来的，但想起酒桌上人多嘴杂，便作罢了。我朝发型师举杯，跟他喝了一口酒，顺便夸赞他发型很酷。这时，坐我身边的这个男人站了起来，望向隔壁桌，那里正在斗酒。大概是新郎和新娘的两个叔叔，想比拼一下谁的酒量更好，而其他人正兴高采烈地隔岸观火。

"其实我可以喝那样的三杯。"他想了想，重新坐下，独自将杯中酒喝了。那委屈的样子，让人想起不被派上战场的老将黄忠。

大厅里嘤嘤嗡嗡，像一个巨大的蜂巢，杯盏声、说话声、歌声、小孩打闹声混在一起。热风停了，空气阴冷。新郎和新娘已经换上了敬酒服，在洛丽的陪同下，开始挨桌敬酒。

"你是哪边的亲戚？"我问他。

"新娘的……"他顿了顿，"亲戚。"

"我叫庄闻，叫我小庄或者小闻都可以，"我说，"末末是我们的好朋友。"

"那你叫我老莫吧。"他说，"我从阿尼卡来，穷旮旯。"

我不知道阿尼卡在哪里，但一个人从乡下来参加婚礼，想必是不容易的。更何况，末末是洛丽的闺密。我递了一支香烟给他，他点着后，打量着我手上的香烟盒。我将一包没有拆封的香烟送给了他。

"你有空儿来家坐坐，"他说，"最好是带着末末一起来。"

他说这话，就像我们是在阿尼卡的村口相遇一样。只有乡下人才动辄就邀请人去家里坐，城里人都是请到外面吃喝，家是他们的隐秘之地。虽然我知道，我这一辈子也不可能去那个叫阿尼卡的村庄，但我还是说，有空儿一定去。

"真的，一定来，"他握着我的手，空气中有酒味，"带着末末一起来，我给你们杀羊吃。"

我哭笑不得，即使带着末末去，也应该是邱忠。但我依然答应着，好的，好的，谢谢啊。那两个带孩子的女人已经吃好了，她们站起身时，让孩子跟大家说再见。那个发型师放下筷子，边喝啤酒边玩手机游戏，偶尔抬头看看其他人，但始终不说话。那个化妆师玩起了自拍。邱忠和末末被一桌客人缠住了，正在喝由醋、辣椒、白酒、红酒、红油调制而成的"鸡尾酒"。老莫在我身边沉默着，他像是喝晕了，又像是在思索。突然，他站起身，端起桌上的白酒和杯子，走向了隔壁桌。那一桌是主宾，按理都可以前去敬一杯。我也拿了酒杯跟在他身后。

末末的父亲第一个看见老莫过来，他一边招手，一边挪身边的凳子。末末的母亲正在和人说话，看见老莫过来，便停了话。其余的人继续喝酒、聊天，勾肩搭背，窃窃私语。老莫向着末末的父亲走去，将酒往桌上一放，站着。

"我来敬大家一杯酒，"他说，"今天末末结婚，我高兴。"

末末的父亲端起杯子和老莫碰了，却只舔了一口。他放下酒杯，解释说，自己前一个月刚做完手术出院，医生不让喝酒。老莫愣了一下，想争辩，但还是放弃了。他又开始倒酒，在他举杯之前，末末的父亲向众人介绍了他。

"这位莫老弟，他从阿尼卡来，"他说，"凉山的阿尼卡，你们都知道吧？"

"哦，凉山。"一个胖女人看着老莫，若有所思地点了点头。

"欢迎大家去阿尼卡玩，带上末末一起。"老莫举起杯，却忘了要跟谁喝酒，我赶紧和他碰了一下，小声提醒他，少喝点。

"嗯，司仪说得对，酒少喝点，对身体不好，"末末的母亲说，"你好不容易来一次，多玩几天。"

于是，老莫朝末末的母亲举起了杯。她喝红酒，倒也爽快，一口干。

"谢谢你，"她说，"你是我们的……恩人。"

末末的父亲咳了两声，边咳边瞪妻子。我叫服务员过来，让她倒杯热水。这时，邱忠的父亲开始给自己面前的杯子里倒酒，倒满后，起身端杯敬老莫。

"我敬你一杯，兄弟，"邱父说，"话在酒中，啥也不说了。"

老莫看对方爽快，自是一口干了杯中酒。有人带头为这份豪爽鼓掌，掌声湮没了老莫的话。

"我懂。"他低声说。这话只有我听见。

隔壁桌的人已经走完了，我和老莫并到了主宾桌。老莫不时用目光寻找着新郎和新娘，他们此刻正被一杯杯怪味"鸡尾酒"拦着，哭笑不得。他看向新郎和新娘的时候，大家都跟着他一起看，他收回目光，大家又提议喝酒。老莫已经连喝了很多杯，醉了，却巍然不倒。这桌人在等新郎新娘来敬酒的时候，又有人说起他们小时候的事。

"末末小时候每天吃个嘴不闲，有次感冒了，戴着口罩，她一把扯下来，说宁愿病死也不想饿死。"

大家一起笑，又说起末末成年后被要求减肥，饿了两天，便给她妈妈跪了下来，说，求你给我一口吃的。老莫也跟着笑，说你们城里的条件就是好，我那三个女儿，从小能吃饱就不错了。

"你的三个女儿都结婚了吧？"邱忠的父母问。

"结了，结了，"他说，"都在外面打工，老大成都，老二沈阳，老三在武汉。家里现在就我一个人了。"他点燃香烟，深吸几口，渐渐低下了头，像一株枯萎的玉米秆。

漫长的婚礼。这群疯狂的年轻人，不把新郎新娘折腾疯他们誓不罢休。恶俗的祝福。他们连辣椒水加白酒都用上了。总之，新郎新娘越是痛苦，他们越开心。我起身去看了看，伴郎已经喝晕了，趴在桌上，嘴角还残留着辣椒末和小葱。伴娘被围在中间，他们要她替新娘喝下一整杯"鸡尾酒"。她吓坏了，嘴里反复说，我不会喝酒。邱忠摇晃着，朝我点了点头，差点吐出来。

"想喝酒是吧？"洛丽说，"要不要来一杯？"

我想逃，却被她抓住，代邱忠喝了一杯"生活汤"。喝完，洛丽问我味道怎样。我说，跟生活一样，酸甜苦辣样样有。至于那杯"七情六欲汤"，我是打死也不喝了。

主宾桌上突然变得很吵，我回头一看，见老莫正在往椅子上站，而旁边的两个人正拽着他。

"末末结婚，我高兴，我要给大家唱首歌。"他高声说。旁人一脸尴尬、无奈，说，要唱也可以，但不用站到椅子上，太危险啦。

"等下去 KTV 唱吧，"我在他的手臂上掐了一下，"还有下半场，到时候随你唱。"

他回头看着我，红了脸，在椅子上坐下。

"我真的太高兴了。"他又嘀咕了一句，被坐在对面的一个亲戚抢白："我们都知道你高兴，但是，也要注意点，对吧？"

"好啦，"我说，"新郎新娘来敬酒了，大家共同举杯，祝他们新婚快乐。"

老莫带头鼓掌，邱忠挽着末末摇晃着朝我们走来。这一巡酒，其实是认亲酒。七大姑八大姨介绍完了，到了老莫这里，末末的父母对望了一眼。

"这是莫叔叔，"新娘的父亲说，"是我们的好朋友。"

三人碰杯，老莫再次干杯，望着末末，笑了起来。那是我见过的最真诚而复杂的笑。他的每一个细胞都在笑，整个人已经化作一张巨大的笑脸。不光如此，那目光柔软得如同万千蜘蛛丝，想要包裹住对方。而这目光令末末害怕，她下意识地朝后退了一步，邱忠赶紧揽住了她的腰。

"我有个请求，"老莫看了看新人的父母，掏出手机对末末说，"我可以跟你拍张照吗？"

"可以。"末末爽快地答应了。她站在老莫的身边，脸上挂着疲惫的微笑，老莫的眼中闪过一丝泪光。待主宾桌的亲友和新人合影完毕，我们就要转场到旁边的KTV里了。

下半场是年轻人的事。亲戚们陆续离开了。只有老莫，他一直跟在末末身边，像个影子。外面，风卷着雪花乱舞，所有人都缩紧了脖子，低头走路。几个小时前还堵得水泄不通的马路，突然空了，那些车辆已不知去向。路灯下，雪下了薄薄一层。我们穿过一条街，就到了KTV。

喝醉了的、打着嗝的亲朋们鱼贯而入，三三两两坐在一起。只有老莫一个人坐在角落里。新郎新娘在众人的簇拥下走进来，坐在显眼的位置，疲惫不堪地看着他们的朋友。洛丽也喝多了，眼神迷离。酒精让她热心地忙碌着，开啤酒、给麦克风换电池、给喝醉的人倒茶水、给还空腹的新郎新娘叫吃的……我从来没见她这么好过，更好的是，她忙完这一切，居然乖乖地坐到了我身边。

这个包房，大概可以容纳四十个人。现在，所有的位子上都已经坐满了人。有人围着点唱机，有人已经开始唱了起来。若不是因为洛丽在身边，我早就离开了。但此刻，洛丽将头靠在沙发上，闭上了眼睛，我真想把她揽入怀里。

有人为新郎新娘唱了一首《三百六十五个祝福》。在这深情的祝福声中，邱忠已经在末末的搀扶下去了两趟洗手间。没有谁比一个司仪更知道结婚是件累人的事。看着就累。此刻，最道德的事情，就是饶了这对新人，让他们回酒店的房间去休息，让他们用残余的精力，潦草地做爱。真的，别指望他们还能轰轰烈烈，他们就快支撑不住了。但是，婚礼的下半场才刚刚开始。

献歌吧，终有一散的人们，有人在点唱机旁喊了起来，今天是个好日子，新婚快乐。

真的有人唱了《今天是个好日子》。一男一女两个人，唱得很陶醉，余音绕梁，掌声经久不息。听众的耳朵已麻木。这样的场合，关键是唱，唱得怎样已经不重要。掌声、呐喊声，统统慷慨送上。他们要的是热闹，这和放鞭炮是一个道理。

啤酒全打开吧，大家喝起来，有人站在舞台上边扭屁股边指挥服务员，伏特加要兑可乐，冰毛豆快点上来。

不要问，不要说，一切尽在不言中。这一刻，偎着烛光，让我们静静地度过。

没有教堂，没有烛光，有包房和音乐就好。灯光已全开，像一锅大杂烩，包房即舞台。即使没有抢到话筒，也可以在别人的歌声中翩翩起舞。这欢乐的海洋里，每个人都应该是一朵翻滚的浪花。和我跳舞吧，洛丽塔，白色的海边的沙。爱情还是要继续吧，十七岁漫长夏。酒喝干，再斟满，今夜不醉不还。

醉了的人斜靠在沙发上，已经被酒精抽走了筋骨，半梦半醒地看着眼前欢乐的人群，一曲终了，居然也没忘记鼓掌。干杯！半醉的人喝得豪情万丈。酒是好东西啊，五湖四海皆兄弟，来来来，兄弟，走一个。

舞台不大，但够一两个人表演。有人跳起了太空步。之后是交谊舞，快三慢四。眼神迷离的新郎搂着昏昏欲睡的新娘，胖男人搂着瘦男人，长裙子搂住牛仔裤，大波浪搂住火烈鸟，管他呢，认不认识都不要紧，没有人会拒绝。我只能搂洛丽啦，她扑在我的肩头，乖得像只猫。

老莫独坐在角落里。我看到他在笑，像一个笑着的雕塑。绿色的灯光掠过他的嘴角，他展示给众人一个绿色的笑；红色的灯光划过，他咧开的嘴唇像是被人抹了口红；黄色的灯光下，他像一只欢快的老鸭。有人跟他喝过酒吗？我不确定。他在自斟自饮。他喝酒的时候也在笑。

"你说，今夜谁最开心？"我问洛丽。

"当然是新郎新娘啦。"她说。

"还有呢？"

"还有他们的父母。"她将脑袋从我肩上移开，睁开迷蒙的眼睛问，"怎么了？"

"没怎么，"我说，"你累吗？要不要休息一下？"

跳舞和跳绳差不多，一旦打断就无法进行。那舞曲如流水，说话间已去向远方。我和洛丽坐回了沙发上。

"角落里那个老人是谁？"洛丽问，"他为什么一直在傻笑？"

"末末的亲戚，从乡下来的。"我说完，拿起啤酒和杯子，朝老莫走去。他依然笑着，示意我在他身旁坐下，暂时将目光从跳舞的新郎新娘身上撤了回来。

"我敬你一杯，"我说，"身体健康。"

他喝起啤酒来，和喝水没有两样。头一仰，倒进去，让人担心他会连杯子也一起喝掉。然后，他悄声告诉我："谢谢你，但我身体已经不行啦。"

"我看你挺硬朗，特别是喝酒，甘拜下风。"我又倒了一杯，想再敬他。

"能喝酒算什么本事？"他说，"能踏实安心地、没有愧疚地过一辈子才是这个。"他朝我竖起了大拇指。

"那你是哪个？"我被他逗乐了。他伸出了小拇指。

我们又喝了一杯。洛丽独自坐在不远处，不时朝我们看。舞曲渐渐弱下去，宾客们重新回到了座位上。酒杯碰在一起，就快碎掉。勾肩搭背，窃窃私语。热浪翻过去，我们迎来了短暂的宁静。

"我能唱首歌吗？"老莫突然说，"不用伴奏，我清唱。"他猛地将一杯啤酒倒进喉咙，放下杯子时，手在微微颤抖。

"我想唱一首《妈妈的女儿》，"他说，"这是一首哭嫁歌，唱给新郎和新娘。"

我起身，抓了一只话筒在手，他们以为我终于要开讲开唱了。于是，那个正在唱歌的人唱到尾奏时便切歌了。我按下了暂停键。

"今天是个好日子，我们将天下所有的祝福都送给新郎新娘。下面，我要请出一位特殊嘉宾，他是新娘的亲戚，要为新人送上一首《妈妈的女儿》。"

在掌声中，老莫终于如愿以偿地站在了台上。我看到邱忠和末末站了起来，他们原本想跟着音乐打节拍，但这首歌并不像是唱，而是介于说和唱之间。总之，很陌生，很不习惯，但听了又令人心里难过。

妈妈的女儿哟，
人说高山乐趣多，
高山未必真快乐，
在那绵绵山脉上，
只有羊儿最快活；
人说草原乐趣多，

> 草原未必真快乐，
>
> 在那茫茫草原上，
>
> 只有云雀最快活；
>
> 人说世间痛苦多，
>
> 世间未必少快乐，
>
> 嘤嘤嗡嗡人世间，
>
> 只有妇女不快活；
>
> ……

　　一个喝醉了的老人，唱起了一首哀婉的歌。暂停在屏幕上的泳装女郎，刚刚迈出奔跑的步子，像是在寻找某件丢失的宝贝。老莫拖声曳气地唱着，像一头已经卸犁的老牛，对着夕阳哞叫，他的目光一直看着台下的末末。他其实并不能完整地记得歌词，有好几个地方靠蒙混，但他唱完后，全场掌声雷动。邱忠和末末端着酒走向他，双手奉上，老莫连干了三杯。

　　"我能够来参加你们的婚礼，真高兴啊。"他咂咂嘴，将酒杯放入托盘，轻抚了一下末末的头顶。他退回了角落里，就像礁石沉默于海底。他迅速被人遗忘，继续做热闹的看客。

　　十一点三十七分，宾客们终于唱累了，但这并不意味着他们即将离去。有人走到台上，用沙哑的嗓子对台下说："下一个节目，闹洞房，请大家做好准备。"

　　颤抖吧，新人。邱忠揽住末末的腰，安慰说，一生就这一次，随他们闹吧。但一看那几个坏笑着的家伙，我便知道这不是闹洞房。我敢说，没有一个人比婚礼司仪更会闹洞房了，但是此刻，我一点闹的想法都没有，只想早点结束。如果非得继续待下去，那我宁愿去跟老莫再喝几杯啤酒。

闹洞房这项古老陋习早已失去了意义。这像一出猫捉老鼠的游戏，追的乐趣在于跑，如果一方不跑，另一方就感觉无聊。一旦新郎新娘无比配合，闹者自是没了兴趣。但洞房还是得闹，所以就在节目上加码。

第一个节目。有人变戏法般的拿出了蜡烛和红布，点燃蜡烛，蒙住双眼。他们喊一二三，要新郎新娘吹蜡烛。但数到二的时候，蜡烛被换成了一盆面粉，新人使劲一吹，顿时变成了两个"白人"。众人拍手大笑，他们管这叫"白头偕老"。

小菜一碟。这个节目，连饭前小点心都算不上。果然，有人解开了新娘眼前的红布，将她推上台。一个女性朋友，往新娘的胸前塞了什么，我没有看清，是花生或者糖果？他们让蒙着眼睛的新郎在新娘身上一点点摸，从上到下。新郎自然故意绕开敏感区域，所以，那东西就迟迟找不到。有人开始倒计时，说十秒之内找不到就要罚酒，有人干脆直接拉了新郎的手按住新娘的胸。这对于邱忠和末末来说，其实也没啥，无非是为了让大家高兴，故意做出忸怩之态。但接下来，换新娘来新郎身上摸，却是难为情了。他们将两个鸡蛋塞到了新郎的内裤里，让新娘摸。新娘故意在裤腰带以上磨蹭，众人齐声高喊："下面，下面！"

他们笑得满地打滚，突然背后响起一声暴喝："下你妈个头！这些小杂种。"

像是突然跳了闸、断了电，好几秒后大家才反应过来，骂人的人是老莫。他不光骂，而且已经握紧拳头，冲了过来。他目露凶光，朝那些刚才还放声大笑的人脸上扫过去，众人全都收敛了笑容。我一把将他抱住。

"我们闹个洞房，关你啥事？"那个节目组织者恼羞成怒。

"老子闹洞房的时候，你还没生呢，但没见过你们这么下流的。"老莫说，"哪有你们这样的朋友？谁再闹，老子打断他的腿！"

他的样子，像是一头愤怒的公牛。我相信，谁敢再多说什么，他的拳头绝对毫不客气。

"算啦，"我劝老莫，"朋友们没有恶意，无非是想热闹一下。"

"真是太侮辱人了，"他说，"他们都把末末当成什么啦？"

这时，末末走过来拉住了老莫的手说，叔，我没事，他们都是我的好朋友。哪知老莫突然甩开了手，又喝道，你没事我有事，我看不下去。末末吓了一跳，满脸委屈地退到了邱忠身后。谁也没想到闹洞房会如此收场，都有点扫兴。他们讪讪地退回到各自的座位上，喝着啤酒，不时看向余怒未消的老莫。又过了一会儿，有人戴上帽子，披上大衣，准备离开，还有人心有不甘，欲静观其变。

"外面还在下雪。"有人出去看了看，缩着脖子回到包房里。老莫独自坐在角落里，猛灌自己酒。我走过去拍了拍他的肩。他见是我，努力挤出一丝笑容来。

"没事了，"他说，"我只是觉得末末可怜，这个苦命的姑娘。""今天是她大喜的日子呢，"我说，"我们都要开心一点。"

"对啊，"他似乎反应过来了，看着那几个留下来的人说，"那我们接着庆祝。"

可他越是这样，别人越是不给面子，他们纷纷站起来走了。老莫的脸色有些不安，他像个犯了错的孩子看着末末和邱忠。这对新人正在和他们的朋友握手告别。

"算了，时间差不多了，"我说，"早该让他们休息啦。"

很快，包房里的人走得差不多了，只剩新郎、新娘、洛丽、老莫和我。那些打开而未喝完的啤酒和饮料，注定要被浪费掉，服务员正在将它们收走。老莫留下三瓶啤酒，他似乎一点也不想离开。他不走，邱忠和末末就只能陪着。

"你来我身边坐一会儿吧，"老莫对末末说，"我知道你累了，但就坐一会儿。我明天要走了。"他往旁边挪了挪，让末末和邱忠在他左右两边坐下。邱忠给他递香烟，末末为他点上，我看到他深吸一口，轻轻吐出，满脸陶醉。

"从今往后，我就把她交给你了，"老莫对邱忠说，"我是她亲戚，我有权利说这话。"

喝晕了的邱忠拼命点头。然后，老莫从外衣的内层兜里，掏出一块红布，打开，里面是只玉镯子。

"这只镯子，是我老伴留下的，今天我要把它送给你。"老莫说着，拉起末末的手就要戴上，吓得末末一下子跳了起来。

"不行，"她说，"叔叔，我不能要你的东西。"

老莫没想到末末会如此强烈地拒绝，她已经跑到一旁站着了。老莫的手里拿着那只镯子，目光黯淡下去，嘴里念叨着，叔叔，叔叔，然后，莫名其妙地笑了起来。我赶紧拿起桌上的啤酒陪他喝了一口。喝了酒，他似乎回过神来了，又说，好吧，你不要，我也不能强迫你。

他们都把老莫当成了一个喝醉的糟老头、一个难缠的宾客。

洛丽甚至悄声建议我强行将他架走，因为时间太晚了。但只有我知道，他其实没他们想的那么醉。我试着告诉他，要不要回去休息了？他恍然大悟，看了看空荡荡的包房和正在打哈欠的末末，一口干了瓶中酒，站起身来，朝包房外走。

雪还在下，看样子真能堆起来。街道一片白茫茫，没有一辆车驶过。举办婚礼的酒店为邱忠和末末提供了一间新房。我们送新人到楼下时，洛丽让我送老莫回他住的酒店。

"我喝酒了，开不了车。"我说。

"那就走着送，反正也不远。"她诡秘地笑着，"明天再见啦。"

送就送吧，我心想，反正只相隔两条街。虽然我不确定明天是否真的可以见到洛丽。这个泥鳅样的女人，她的很多话都只能听听。在我们说话的时候，老莫一直目送末末和邱忠消失在电梯里。

"走吧。"我伸手搂住老莫，发现他的背其实有点驼了。西装又大又薄，松垮垮地笼在他身上，让人想到半袋腊肉。他咳嗽着，将一口痰射进了雪地，轻叹了一声。

"这个地方，这辈子不会再来了。"他说，"这一天我等了二十四年。"

"你说啥？"我听不明白。

"末末今年二十四岁了。"他说。

我们横穿街道，前方亮起红灯，但没有车辆经过。他紧贴着我，像一个胆怯的孩子，走得小心翼翼。前面便是他所住的酒店。我们站在路边告别，他张了张嘴，却又沉默了。

"你想说啥？"我问他。

"想说的太多了，三天三夜说不完。"他说，"但有些话，死也不能说。"

"那你早点回去休息。"我转身走了几步，又听他"哎"了一声。

我站住，转身，看着他。

"我真的想请你带着末末来阿尼卡看看，"他说，"我会为你们杀一头牛，大醉三天。"

"好的，一定。"我说。

转身，这话已成耳旁风。带末末回阿尼卡这事，真的轮不到我。

驯猴记 |

谁被人从梦中吵醒，都会懊恼。那些蛮横粗暴的噪音，带着傲慢和冷漠，一把将你从梦境中揪出来，从不管你是心跳加速还是一头雾水。

今天早上，吵醒我的是同事马老川。每天给动物们清扫粪便的马老川，姓马，四川人，真名不知。我在梦中听到他说方言，马匹哦，龟儿子真是奇了怪了。我睁开眼睛，看见马老川和其他几个人的身影在我床前晃动。

我说，吵个铲铲，还让不让人睡觉？

马老川说，睡个锤子，方小农不见了。我说，是不是连猴子也不见了？

马老川眼睛一亮，说，你龟儿子咋晓得？我说，我猜的。

这时，其他几个人都不说话了。他们看了看对方，相继离开了我的宿舍。过了一会儿，保卫科的人来了。领头的是科长王立春，他水桶般粗壮的腰上吊着一根橡胶棍。他说，园长让你去一趟。说完这话，他们走到宿舍门口，等我穿衣服。

园长坐在办公桌后面，努力睁开一双浮肿的眼睛。从我进门到坐下，他一直冷冷地盯着我看。保卫科的人，在我身后站成一排。

我说，园长，你找我啥事？他说，你猜。

我说，园长，我不是你肚子里的蛔虫，猜不中。

他突然高声问，那你怎么知道猴子和方小农一起不见了？我尴尬一笑，说，我瞎猜的。

站在我身后的保卫科长王立春断然一声猛喝：老实点！猴子是保护动物，知道不？偷猴子是什么后果，知道不？

我说，关我啥事？我只是开个玩笑而已。

园长说，那好，那就请你继续开个玩笑，告诉我们：方小农带着猴子去哪儿了？

我说，进山去了呗。

我发誓，我真的只是随便一说。这是很简单的逻辑：一个男人带着一只猴子，不进山，难道住酒店里去？

那天是周六，一大早就有人来了。我们所在的地方叫蛇园，是动物表演的场地。每隔两小时，我们进行一场动物表演，有猴子、鹦鹉和海狮。但是今天，他们看不到方小农和他的猴子了。

园长看着我，仿佛我成了那只猴子。离我们不远的地方是过山车，孩子们发出阵阵惊叫。

园长说，你老实点，否则我让警察来审你。我说，我很老实，我真是瞎猜的。

园长说，有人告诉我，你和方小农是好朋友。

我说，朋友谈不上，都是驯兽员，但他驯的是猴子，我驯的是鹦鹉。

园长说，我没心情跟你练嘴皮子，我现在只问你一件事，你还想不想干？

我说，我三年前来到这里，早已把动物园当成了自己的家。

这话是我们动物园的口号，说的是让每一个动物都把这里当成家。

园长说，我可以告诉警察，你知情不报。

我说，我睡醒的时候，听他们那么一说，我也那么一说。

园长说，我没时间跟你玩绕口令。现在，你给我去找他们。找回来，蛇园归你管；找不回来，你也不用回来了。

就这样，我和王立春开着一辆皮卡车，在地图上搜了一个叫阿尼卡的地方，朝那里开去。那是方小农的老家，除了那里我们没地方可去。

王立春哭丧着脸。他将这趟苦差归咎在我头上，从园长办公室出来就骂骂咧咧。我给他买了一盒烟，他理所应当地接了，撕开，叼一支在嘴上，但并未消气。我们驶离市区，上了高速公路。王立春将怒火发泄到了油门上，我感觉他的脚已经快伸进油箱里。

我说，王科长，开慢点，虽然跨省，但后面没人追捕我们。

王立春不说话，也不减速。皮卡车轰鸣着，像匹发疯的野马。我打开车窗，风像刀子样劈过来，差点割掉我的耳朵。

我按下录音机的播放键，发动机的噪音已经完全吞没了音乐。

我说，王科长，讲真，我可不想因公殉职。

王立春看了我一眼，终于松了油门，驶向慢车道。我适时掏出香烟，点燃，递给他。

"我怕了你这张嘴，"他说，"不是因为你胡说八道，我们又怎么会去什么阿尼卡？"

"我可没有胡说八道，"我说，"我有预感。"

此时，王立春已经驶离了高速公路。前方是车多弯多路窄的县道。他划了一下手机导航，目光从屏幕上的那条绿线上抬起。

"噢？"他说，"你一个驯鹦鹉的人，能有啥预感？"

"我可比你们这些天天在腰上挂着橡胶棍和对讲机走来走去的家伙嗅觉灵敏多了，"我说，"方小农和猴子，早就分不开了，明白不？"

前方，一辆轿车借道超车，被迎面而来的越野车逼得撞上大货车。我们被堵住了。王立春不耐烦地下车，沿着公路走了一段，又折回来，重新爬上车。外面很冷，他发动引擎，开了空调。

"继续说方小农和猴子吧，"王立春说，"是《人猿泰山》还是《金刚》？

我讲方小农之前，先讲了我自己。三年前，我厌倦了业务员的工作。准确地说，是厌倦了跟人打交道。那时我想，这世间的工作，只要不是跟人打交道，面对动物、植物、昆虫都可以。于是，我应聘到了动物园的蛇园。我的任务是饲养并驯化一只金刚鹦鹉，让它学会滑滑梯、做算术题和打篮球。这只鹦鹉叫大白，来自遥远的南美洲，它的智商相当于五岁的孩子。

那时蛇园刚建立。蛇园的主题，当然是看蛇。动物表演只是附带。所以，当时一共招聘了三个人，除了我和方小农，还有驯海狮的余天才。余天才这人不多说话，胸中装着深不见底的大海，就连跟海狮说话，也只是那么几句台词：鼓掌、敬礼、顶球、倒立。所以，我和方小农关系好，其实是别无选择。

培训时，园方请来了专业的驯兽师，既驯动物，也教我们如何驯动物。猴子本是聪明之物，驯起来相对容易。但方小农的猴子，最初给人的感觉像是猴界的猪。吃了香蕉，忘了口令。那个据说曾让无数猴子成为猴界明星的驯兽师，在我们的围观下，终于恼羞成怒，朝猴身上甩了一鞭子。结果，那猴儿顺势接住了鞭绳就不再松手。人和猴就那么紧握着鞭子的杆和绳，像两个相互对峙，寻找破绽的武林高手，在蛇园的表演区域里转圈。转着转着，驯兽师的额头开始出汗，小猴子一用力，抢过了鞭子。然后，猴子现学现用，朝驯兽师的身上还了一鞭。

就在我们等着看笑话的时候，方小农朝猴子走了过去。我亲眼所见，那猴子的目光里突然有了异样的东西。怎么说呢，就像一个调皮的孩子看见了父亲。它扔下了鞭子，垂下了比拳头大不了多少的脑袋。

"好了，让我来吧，"方小农对那个气喘吁吁的驯兽师说，"你怎么能打它呢？"

那驯兽师拾起鞭子，正准备教训一下这不知天高地厚的小猴子，哪知却听到了这句不知天高地厚的话。

"你谁呀？"他说，"我驯猴的时候，还没有你呢。"

"我是它朋友。"方小农说。

那猴儿似乎听懂了这话，走到方小农身边，朝他伸出了手。"从今天起，我们就叫它孙小圣吧。"方小农说。

那驯兽师被晾在一旁，好半天才反应过来自己的角色。但是，所有人都看得出来，这里已经不需要他了。他临走时丢下一句话：你要记住，它是一只猴子。

我那只号称智商相当于五岁孩子的金刚鹦鹉也很笨。让它挨饿，它比我还能扛。给它吃的，它吃完后就啥事都忘了。这么一个小东西，据说很贵，像是黄金做的一样。我第一次觉得，原来跟鸟打交道也是如此不易。

方小农和孙小圣成了一对兄弟。身材单薄的方小农，在孙小圣面前把自己打扮成了一座猴山。它在他身上摸爬滚打，挠他痒痒，扯他头发，站在他的肩头，朝我们敬礼。方小农的衣兜里随时装着香蕉，孙小圣像个调皮的孩子不时去取出一根，吃完，又将香蕉皮塞回兜里。但这样的情况发生几次以后，我们惊讶地看见孙小圣吃完香蕉已经会找垃圾桶扔香蕉皮了。

孙小圣白天和方小农形影不离，但到了夜晚，它应该回到猴笼里。猴笼在宿舍外面，是一个用钢筋焊成的笼子，里面丢了几件破旧衣服，供孙小圣夜里取暖。但是某天，方小农提出要带着孙小圣一起睡。这事遭到了舍友们的反对。我们吵吵嚷嚷去找蛇园经理。那经理问方小农，你不怕泼猴半夜猴性大发，一脚蹬掉你的蛋吗？方小农说，蹬也是蹬我的蛋，与你们无关。那经理看他说得认真，便说那你给我写个字据，如果泼猴抓烂你的脸，蹬掉你的蛋，或者伤了别人，全由你负责。方小农真的写了。那天晚上，我们睡得提心吊胆，但方小农和孙小圣却一觉睡到大天亮。

喇叭声打断了我的讲述。前方的交通事故现场清理好了，拖车背着那辆变了形的肇事轿车慢慢离去，堵得心急火燎的司机们一起按响了喇叭，仿佛是在庆祝。

王立春坐正身子，重新系上了安全带。过去的一个小时，我们原地不动，一直在讲方小农和猴子。

王立春挂进一挡，说，这个方小农是个神经病吧。猴子是猴子，人就是人。怎能连这都分不清？

我说，我们的祖先还是猴子呢。

王立春说，那是你的祖先，我的祖先是在洪水滔天时，从葫芦里出来的。

我不想跟王立春争论人类起源。我只知道，如果今天早上仅仅是方小农不见了，没人会为此大惊小怪。公路像是一根便秘的大肠，车辆走走停停。刚才王立春关着车窗开着空调没法抽烟，现在正大口大口地吞云吐雾。

"你还想听吗？"我说，"你想听，我就说，你不想听呢，我马上闭嘴。"

"说吧,"他说,"你说啥无所谓,有个人声就行了,我昨晚喝多了,没睡好,恍惚得很。"

公路顺着河谷延伸,两旁的荒山上连棵树也没有。偶尔能看到牧羊人,放着几只又脏又瘦的山羊。这些羊,与其说是上山吃草的,还不如说是在进行光合作用。可是天阴冷,连阳光也没有。

这荒山又让我想起了孙小圣。作为一只皮毛光亮的猕猴,它的体重九点八公斤。它在猕猴家族绝对是白马王子,类似于我们人类中的李奥纳多。但是,这样一只猴子,它远离了山林和猴群,来到了动物园。它们不再为安全和食物担忧,余生只需要服从,就能安稳活到死。于是我想,逃离动物园,到底是他俩谁的主意呢?

我们已经到了金沙江畔。左边是静默的江水,右边是光秃秃的山。王立春把车开得小心翼翼,命悬一线。导航显示,再过一个小时,我们就跨入了另外一个省。等待我们的,是更险峻的盘山公路和乡村土路。

我们在一个服务区里吃了饭,作短暂休息。我们买香烟和矿泉水时,王立春提议再买一盒广告铺天盖地效果却为零的某营养品。

王立春说,这就叫入乡随俗,他们喜欢这些东西。

我说,还是王科长想得周到,不然怎么就你是科长而别人不是呢?

王立春说，少他妈拍马屁，我不爱听。你要是嘴闲，就继续讲方小农和猴子的事吧，刚才讲到他和猴子一起睡了。

我说，这仅仅是个开始。跟后来发生的事相比，这不值一提。

金沙江水从桥下流过，两岸群山耸立。导航指向右边，王立春打了一把方向盘，皮卡车驶上盘山公路。车朝山上开，植被渐渐好起来。一些我叫不出名字的灌木丛紧挨着蹲在路边，而更高的树木向空中伸出枝丫，仿佛正在牵手编织一张网。

我讲了孙小圣钻火圈的事。钻火圈是高难度表演。在这之前，方小农和孙小圣每天的表演是打篮球、走钢丝、滚铁环和钻铁圈这些常规节目。所以，越来越多的观众提出抗议，认为他们的二十元门票花得不值。蛇园经理决定，增加猴子钻火圈表演。

方小农哀求经理，能不能让孙小圣表演骑自行车？

经理不屑地说，猴子骑自行车，三岁的小孩都不会感兴趣吧。别废话，从今天开始训练孙小圣钻火圈吧。

那天半夜，方小农的床上传出呜咽声。与此同时，还有孙小圣嘴里发出的嘶嘶声。我打开灯，看到方小农在流泪，而孙小圣正用它的猴掌为方小农擦眼泪。

我说，小农，这没啥大不了的事，你怎么哭了呢？不就是驯猴嘛。

方小农说，你会让你的孩子去钻火圈吗？

我想说孙小圣又不是你的孩子，但忍住了。余天才和马老川也跟着劝，方小农的哭声总算渐渐小了。第二天，方小农在厕所里遇见我。他说，我真想把孙小圣放了。

后来我想，他那天也是随口这么一说。因为孙小圣钻火圈这事，其实是虚惊一场。那天方小农训练孙小圣钻火圈，那样子像是一对赴汤蹈火的兄弟。方小农说，我也是没法子，你明白吗？孙小圣一脸悲戚的表情。方小农又说，记住我的话，能行就行，不行就别逞强。孙小圣朝方小农敬了个礼，逗得围观的人都笑了起来。孙小圣先钻了几次铁圈，它轻而易举就过去了。接着，方小农犹豫着点燃火圈，面对那圈熊熊燃烧的火，孙小圣眼睛一闭就钻了过去。众人鼓掌。方小农扔下火圈，和孙小圣紧紧抱在一起。孙小圣毫发无伤，方小农流下了眼泪。

"钻啊！"观众们喊，"我们要看钻火圈。"

有人朝孙小圣扔香蕉，被它接住，娴熟地剥了皮塞嘴里。钻，钻，钻，观众呼喊着，香蕉和花生朝他们飞来。方小农提着已经熄灭了的火圈，看孙小圣吃得正欢。它不光吃，还朝观众做鬼脸，抓耳挠腮，满地打滚。我不知道那天孙小圣到底是怎么了，它变得异常听话，惹得观众的兴致空前高涨。"敬礼！"有人喊了一句。孙小圣朝着人群将手举过了头顶。笑声如浪。一个染着黄头发的年轻观众站起来，扔过来一根香蕉，然后冲孙小圣喊：跪下！那猴子双膝一软，跪了下去。方小农见此情景，扔下火圈，拽着孙小圣回了宿舍。观众一头雾水，伸长脖子等着，但等来的是余天才和他的海狮表演。

　　盘山公路坡陡弯急，王立春双手抱着方向盘，整个身子直起来，一副如临大敌的样子。导航显示，距离目的地还有六十公里，还需要三个小时。可以想见，前方等待我们的是什么样的路了。王立春是老司机，但是，他面对这种盘山公路还是发怵。面包车横行霸道，摩托车像头豹子，时刻在考验王立春的注意力和反应能力。这样的路上，如果没有对向车，倒是很适合用来考驾照。如此，世间也不会有那么多马路杀手，因为学员还没考到驾照就自杀了。

　　下午的时候，我们来到安和镇。我去路边的商店里给王立春买烟，顺便向人打听阿尼卡怎么走。一个秃顶的老人耳朵有点背，他卖给我两盒硬壳中华烟后，随我走出店门，站在堆着马粪蛋子的公路边上，手指向了远方。

　　他说，那里，天边那座山下，就是阿尼卡。

　　他说的天边，是一片看起来并不遥远的黑森林。我的脑海里浮现出一个画面：方小农和孙小圣在天边那座山上玩耍。我问身边的老人，那山上有猴子吗？他说，猴子？我身上没有长瘊子。

　　王立春坐在车上听到这话，哈哈大笑。我把烟塞给他，他也没客气，拿过去撕开，递了一支给我。皮卡车开上了土路。这时我们才发现，我们之前抱怨那段坑坑洼洼的水泥路是多么不应该。王立春边开车边骂，把怒气都发泄在油门上。皮卡车像是一头喝醉了的野兽跌跌撞撞扑向前方。这是真正的前途未卜。

王立春说，都怪你嘴闲，你不说那句神经兮兮的话，就不会有这样的麻烦。

我也后悔今天早上多嘴了，可我哪能承认呢？我说，呀，手机没信号，导航没声儿了。王立春听了这话，在一个稍微开阔的地方，停了车。

他说，不能再往前开了，趁这里还能掉头，停下问问人。

可四周除了莽莽群山，哪有人的踪影？我们面前的这条路，也像是荒废已久。我们就那么坐在车上，抽烟解闷。

王立春说，不如你再讲讲方小农吧。我没想到，他是这么神经的一个人。

我说，你有没有发现，他长得很像猴子。

王立春想了想说，也许他前世就是只猴子呢。

我说，我跟你讲讲方小农对猴子的恨吧。

王立春放倒了座位，躺下去，脑袋枕着双手，闭上了眼睛。当然，他并不是真的在睡觉，而只是想更舒服地听我讲。我开始酝酿。我刚才说方小农对孙小圣有"恨"，这词不准确，应该是"失望"。

某天表演的时候，方小农让孙小圣倒立走钢丝，孙小圣顺利完成了。按理，方小农应该奖励孙小圣一根香蕉。但是，他在带着猴子谢幕以后，突然怒气冲冲地将猴子关进了猴棚。那猴棚因为长期没有猴子居住，钢筋上凝着红锈，里面连件破衣服也没有。孙小圣像个初入监狱的犯人，绝望地双手抓住钢筋，满脸的惊恐和哀伤。方小农锁了猴棚的门，径直走向宿舍，躺在床上生闷气。

王立春闭着眼睛问我，他为什么要这样？我说，因为他觉得猴子太听话了。

王立春说，动物园的猴子，不听话那成什么了？难道要它成为山大王？

我说，你仔细想想。

王立春想了想，摇头。他沉默着，等我告诉他答案。

我说，也许吧，反正经历了这件事情，方小农整个人就变了。

此后的每天早晨，方小农牵着孙小圣走向表演区的时候，就像走向刑场。而和方小农的状态形成对比的，是孙小圣的兴高采烈。孙小圣声名鹊起。人们扶老携幼来到蛇园，争相围观这只听话的猴子。有时候，根本不用方小农命令，孙小圣就和观众玩开了。观众的要求千奇百怪，但它最擅长的是鞠躬、下跪和满地打滚。有一次，当孙小圣站在方小农肩上出场的时候，有个观众突发奇想，要孙小圣扇方小农一巴掌。这个提议引发了观众席上一片笑声，大家都在拭目以待，看这只聪明的猴子该如何处理。

"它真的扇了？"王立春闭着眼睛问。

"真扇了，"我说，"它得到了一根香蕉。"

"那方小农岂不被气死啊？"

"猴子嘛。"我说。

终于，车窗外响起一阵突突突声。一个戴着雷锋帽，清鼻涕直流的男子正骑着摩托车朝我们驶来。我们打听到了去方小农家的路：一直走，经过一个村庄，再往前走，会看见零散的几户人家，屋后有一棵很大的椿树的就是。

冬天的风刮来，凛冽扑面。现在，我们可以更真切地看清路两边的树木了，松树、樟木、桤木，以及一些低矮而又茂密的灌木丛林。这样的树林，如果是在过去，应该是豺狼虎豹的居所。

如今我们只能在树林里看见兔子、松鼠、麻雀、乌鸦和喜鹊。我拎着东西走在前面，王立春气喘吁吁地跟在后面。松鼠在树上追逐，鸟雀传来稀疏的叫声。有种在黄昏才叫的鸟，嘘哩哩叫着，让人心急如焚。

前方果然出现了一个村庄。房屋外墙刷了白，除此之外，并无任何蒸蒸日上的样子。大片的土地空着，偶尔能看到一两块地里种着麦子和豌豆，刚冒出嫩芽。路蜿蜒向上，越往上走，山风越冷。在一个山坳里，我们看见了那棵高大的椿树，立在几间破房子后面。

我和王立春松了口气，席地坐在路中央，掏出香烟来抽，顺便观察起不远处这个破败的农家院子。和我们之前见过的那些白墙相比，方小农家的老屋破旧得很真实。我们朝那几间又黑又矮的土屋走去，有一只老狗在路边的荆棘丛里发出呜呜声。围墙坍塌了，但院门还滑稽地锁着。我们踏着那倒在地上、已长青苔的断墙进了院子。两只鹅高声叫着，昂着头走到我们面前，交颈片刻，走开了。除此之外，我们暂时还没在院子里看到别的活物。

王立春扯开嗓门喊："有人吗？"

没人回答。两只鹅已不知去向。我和王立春对望了一眼，朝开着的门走去。黑乎乎的屋里，一团火在角落里跳跃着，旁边倚着一团同样黑乎乎的东西。

"有人在吗？"我问了一声。

火旁那团黑乎乎的东西渐渐伸长，转过头时，我看见了一张干瘪的脸。那是一个矮小的老太太，穿着黑衣服，伸不直腰。

"你们——找哪个？"她的语气里有一丝惊慌。

我和王立春嘴里同时说出方小农的名字。哪知，这个老妇像一只听见鹰唳的母鸡，连跑带滚，眨眼之间到了我们面前。她那干枯的手，一把抓住了王立春，使劲摇晃，"他在哪里，我儿子？"

"我们也在找他。"王立春说。

她似乎花了一点时间来消化这句话。当她明白，我们并不知道她儿子的下落时，心中又升起了新的疑问。她问我们是不是警察，我们说不是，只是方小农的同事。但尽管这样，她还是用警惕的目光打量着我们。这时，我想起自己手上的营养品。我递给她那盒包装精美、效果存疑的礼品，她下意识地朝后退了一步，仿佛我递给她的是一条蛇。

"他是不是欠了你们的钱？如果是，你们不要找我，我只有一条老命。"

"他没欠我们的钱，但欠了动物园一只猴子。"

听了这话，老妇大叫一声，摇晃着身子，差点栽倒在地。我抢先一步扶住她那纸片一样轻薄的身子。然后，她用颤抖的声音问我："为啥又是猴子？"

我扶她在火塘边坐下。一只黑铁锅挂在铁钩上，沸腾声随着火势越来越弱。我试着在空气中捕捉饭菜的气味，但是没有。我想，锅里煮的也许是白开水。

方小农的母亲沉默了一会儿，渐渐回过神来。她问我们是否吃过晚饭了。我们说没有。她起身，像只老鼠顺着屋角的一把木梯窸窸窣窣地爬上去，过了一会儿，拳头大小的土豆从楼上飞下来，砸在地上，四处乱跳着。那晚我们吃火烧土豆和泡菜。方小农的母亲没吃东西。她不时往火里添柴，以保证屋里足够暖和。但是，外面刮起了风，墙缝里发出呜呜声。她又继续问起了方小农的事。

"他到底出了啥事？"

"动物园丢了一只猴子，而方小农也消失了。我们怀疑方小农带着猴子跑了。"

她沉默了一会儿，像是突然想起来什么似的，去另一间屋子里拿来了一瓶酒和两个杯子。酒放得时间久了，瓶上落满了灰尘。这样的夜晚，我们确实需要一杯白酒驱散身体里的寒气。我和王立春一人倒了一杯，小口抿着。我们又谈起了方小农。

"他离开这里已经五年了，"她说，"苏三娜考上大学后，方小农跟她一起走了。说要打工供她上学，然后娶她。"

我告诉她，我见过那个女孩，不过她不叫苏三娜，而是叫苏姗娜。

她的脸上掠过一丝笑，说就是同一个人，那是一个认死理的姑娘，十头牛也拉不回来的那种。

王立春说，我们还是谈谈猴子吧。猴子是保护动物，如果让我们找到，是方小农的运气，如果让警察抓到，那就是另外一回事了。

方小农的母亲抖了一下。她往火塘里加柴，这一次加的是湿柴，青烟瞬间弥漫开来。我们三个人剧烈地咳嗽着，眼角挂着泪花。在这烟熏火燎中，方小农的母亲跟我们讲起了猴子。她讲的猴子，不是动物园的孙小圣，而是阿尼卡后山上的猴子。

她说，阿尼卡这地方有猴子。几十年过去了，人们还是会提起。他们提起猴子，难免就要提起方小农的爷爷方百丈。我这样叫他的名字，真是罪过啊，阿弥陀佛。

1948年农历八月十四，货郎方百丈挑月饼担过阿尼卡后山。他清晨从金沙江畔出发，下午到了后山上。他饿了，在一个平地处歇担，拿出月饼来吃。这时，满山的猴子像成熟的果子，从树上落下来，像一阵风似的刮过来，学他拿起月饼开吃。

方百丈事后惊魂未定地回忆当时的情景。他说，那些猴子向他跑来时，仿佛山洪席卷而至。幸亏他跑得快，不然早已被猴子踩成了肉酱。听者不信，说猴子的体重还不至于踩伤人。方百丈说，它们正在为抢月饼打架呢，打得黄尘滚滚。

此后半个月，他卧床不起，症状只有一个：口苦。四乡八里的郎中说，他这是吓破了胆，没救了。后来请了巫师，用草扎了一只牛高马大的猴子，念过咒语，背去后山烧了，他的病才渐渐好转。但整整一个冬天，方百丈病蔫蔫的，没有再去挑担。一想到要经过后山，他就脊背发凉。

在阿尼卡，若论资格，猴子比人还老。阿尼卡还没人居住的时候，这里就已经是猴子的乐园。人是这片土地的入侵者。山上山下，是两个世界。人们上山打猎，动物们下山来糟蹋庄稼，多年如此。

春天的时候，方百丈的胆量渐渐恢复了。他由自己野草般疯长的胡子想到了买卖，认为这是一个卖剃头刀的季节。他挑了一担剃刀，再次经过后山，歇息。他随手拿出一把剃刀开始刮胡子，这时，满山的猴子先是在树上观察，然后认出了方百丈。猴子们兴奋地蹦跳着，来到方百丈面前，大大方方地打开了剃头刀，模仿方百丈。

鲜血从猴子的脖子上喷射而出，像一道红色的闪电划过。一只猴子倒了下去，一只只猴子倒了下去。它们慌乱起来，加速了割颈的速度。方百丈倚靠在一棵树上，整个人吓瘫了。他的脑海变成了一块电影幕布，幕布上的猴子相互效仿，割断了自己的脖子。

有人上山，看到堆积起来的猴子尸体，说像柴一样。猴子死了，方百丈也死了。他是被吓死的。那一年，他的儿子方千里十岁。

　　一个人死了，地上隆起一个土堆。上百只猴子死了，地上仍然只有一个土堆。阿尼卡人挖了一个大坑，埋了那些猴子，那地儿就叫猴子坟。

　　方小农的母亲说到这里，站起身，捶着腿，裤管里发出嘭嘭声。我们喝下的酒，热腾腾地在血液里沸腾着。我不胜酒力，脑袋里像有一只纸风车在转动。我起身去外面撒尿，黑漆漆的天空撒下零星的雪粒。我抬头看了看天空，这广阔深沉的黑暗让我喘不过气来。我心想，可不能这么早就下雪了，方小农和猴子还在路上呢。

　　在这里，手机信号气若游丝，3G网络则完全是个神话。园长打来电话，声音像是被风撕碎了一样，需要我去努力拼凑。他问起进展，我说我们已经赶到，但方小农应该没这么快。他说，那就等，等到他出现为止。对此，方小农的母亲表示无所谓。这个季节，反正她也闲着。

　　夜风呜呜地吹，寒气缭绕。火塘里的火苗升起又落下，一根根木柴化成了木炭和灰烬。我们抿下最后一口酒，困意袭来。还没说完的猴子的事，留待次日。那晚我和王立春睡在一间发霉的屋子里。而比屋子更发霉的是被子，我感觉像是一块冰压在身上。同时，压在我身上的，还有挥之不去的疲惫。

　　次日清晨，我们被鹅声吵醒。风比头一天更紧了，天空的乌云被吹得七零八落。无所事事。我们在方小农房前屋后走来走去，无聊地观察树下的狗和昂首阔步的鹅。或者，跟在方母身后，看她一刻不闲地干各种零碎活。可以想象，这些年，她就是这样一个人忙进忙出。

生活在这样的地方，每一天都可能是前一天的重复。第二天晚上，我们继续听方小农的母亲讲猴子。这一次，她讲的是她丈夫方千里和猴子的事。

方千里二十岁那年，山上的草根被挖完了，树皮也被剥光了，夏天的时候蝗虫遮天蔽日而来，人们躲在家里，听见蝗虫啃噬庄稼的声音惊天动地。蝗虫过后，方千里在别人的哭声中，拿着柴刀和鞭子上了山。

十天以后，方千里下山，赤着双脚，身后跟着一只小猴子。这小猴子像个羞涩的孩子，一见到方千里的母亲，一个滚翻过去，朝老太太打躬作揖。老太太愣了一下说，这猴儿吃了太可怜。方千里说，猴子肉不好吃，你等着看猴戏吧。

从此，方千里和这猴形影不离。他下地干活，猴儿就蹲在一旁看，看着看着，它也会干活了。两年以后，猴儿长大，站起来时有方千里的肩膀那么高。它已经成了一个不错的劳力，名字叫草鞋。人们问方千里，你怎么驯猴的呀？方千里说，不用驯，它会听话的呀。人们信以为真。他们相约上山捕猴子，也想学方千里把猴子驯成免费长工，但是，他们全带着满身的伤回来。

庄稼收完后，方千里带着草鞋进了山。没了农活的人们嘴却没闲，他们说，方千里终于良心发现，要放猴归山了。

他们说，猴子再聪明，也始终是不会说话的畜生，让猴子做长工，简直就是作孽。议论甚嚣尘上，笼罩在阿尼卡上空，但是，人们再次看见了惊掉眼珠的事。

方千里带着五只猴子回来了。有人亲眼看到，五只猴子被拴在一起，由那只叫草鞋的猴子牵着。而方千里，正甩着两只手走在前面抽烟呢。

从此，方家的院子里响起了驯猴的鞭子声。人们凑近门缝，看见方千里和草鞋手持鞭子驯猴，或哄或骂。特别是草鞋，它手持鞭子抽向同类时，让围观者头皮发麻。

别看现在方小农家破败不堪，孤零零的，风雨飘摇；但是方千里年轻的时候，这个家曾经令人羡慕。农忙的时候，方千里坐在地边，指挥着猴子们干活。这些瘦猴子，干起活来（特别是手上活），可比人要麻利得多。他家成了阿尼卡最早完成收种的人家，日子自然一天天好起来。而到了冬天，方千里坐着滑竿，由六只猴子轮换抬着，远走江湖，耍猴戏去了。

方小农的母亲歇了下来。我和王立春都以为她讲累了。但仔细看时，她在抹眼泪。我和王立春心照不宣地选择了沉默。方母站起身，走进了另一间屋里拿回来一个塑料包，抽丝剥茧般的一层层打开，拿出一张身影模糊的照片。那是方千里和他的猴子们。

我们将照片还给她，她又一层层包裹起来，塞回了兜里。"后来呢？"我问。

后来，小农他爹成了全村的仇人，他们说他让猴子做长工，比旧时代的地主老财还坏。他们把他吊起来，要他交代家里藏了多少靠猴子赚来的钱财。

我和王立春瞪大了眼睛，不敢出声。就像她嘴里的话是群麻雀，我们一张口，那些话就飞走了。她的语气越来越低沉，这让我觉得，那些麻雀已经打湿了翅膀。在她干瘪的嘴巴张合之间，像两扇石磨间撒下面粉，往事纷纷扬扬。

方千里被吊起来时，猴子们围着他叫唤。它们已经意识到主人正在受难，却不知是因它们而起。他确实没有因猴子而积累巨额财富，倒是猴子让他遭了殃。他们要他要么交出剥削猴子的钱财，要么亲手杀了它们。

方母抽泣起来，浑身颤抖。她的声音一声比一声低，我和王立春沉默不语。我们不由自主地伸手去抓酒瓶，但又红着脸缩回了手。昨晚喝剩的半瓶酒，已经空了。

我和王立春一起走出屋外，在夜风中打着冷战，叹气，抽烟。我们返回屋里时，火塘上空的铁钩上多了一个黑色的壶。

方母说，天晚了，烧水洗脚休息吧。我说，你还没讲完呢，后来呢？

她说，后来，小农他爹受不了了，只好把猴子吊死。可怜的猴子啊，它们啥都会，就是不会解绳索。

这烟熏火燎的屋里，像个巨大的深渊，能瞬间吞噬所有的声音。风声什么时候消失了？火苗紧贴着木柴，正在艰难地燃烧。黑铁壶里的水，连一丝波纹也没有。我们醒着，却更像睡着。我的眼前浮现出猴子，漫山遍野，地上、树上、石头上，它们坐着，躺着，追逐着。我闭上了眼睛，不再关心身边人的动静。或许，他们也和我一样，陷入了各自的幻境中。

突然，院里的狗和鹅同时叫了起来。我们三个人站起身，相互看着，如临大敌。

"有人来了。"方母说。

我和王立春已经抢先一步冲了出去。一颗炭火样的灯泡挂在墙上，发出有气无力的光。在它有限的照见范围内，站着风尘仆仆的方小农和孙小圣。我们都吃了一惊，但谁也没表露出来。

"你们来了？"方小农说。

"我们在等你，"王立春说，"把猴子交给我们，这事就结束了。"

方小农朝孙小圣一挥手，它乖乖退到了灯光照不到的地方。然后，他朝我们笑了笑。

"这是不可能的，"他说，"你俩一路辛苦，但只能白跑一趟了。"

方母看到儿子，并没有立刻冲上去，而是躲在我们身后打量着他。无形的空气变成坚硬的冰，横在这对母子之间。他甚至还没有叫上一声妈，就已经陷入了争论中。

"你为啥要偷猴子？"方母说，"如果你非得要做小偷，我宁愿你是偷人钱包。"

"我没有偷！"方小农吼了起来，但说不出具体的理由。

"猴子是保护动物，你知道的吧？"王立春说，"这比把别人的钱包拿走要严重得多。"

"那又怎样?"方小农说,"我既然敢这样做,我就不怕。"

他挺着胸,走到我们面前。我本想一把抓住他,但转念一想,抓他何用?孙小圣隐没到了黑暗中,像是并不存在一样。我掏了香烟出来,递给王立春和方小农。

"谢谢,"方小农说,"我请求两位,别再谈猴子了。这事没得谈。你们远道而来,多住几天吧。"

他如梦初醒地意识到了这里是他的家。他走在前面,带我们进了堂屋。我不知道这屋和他走时有多大区别,但他还记得电灯拉线的位置。这是我和王立春第一次认真打量这间屋子。笨重的实木茶几上,摆着一台比书本大不了多少的电视机。应该很久没有通电了。屋中央的八仙桌上,空无一物,围在四周的凳子,处于等待中。

方小农让我们坐在一排旧沙发上。我感觉屁股下面有弹簧突起,轻轻挪动身子,沙发咯叽作响。

"妈。"方小农叫了一声。母子俩的目光交织在一起,是无声的探询。

"这次回来,我不打算走了,"方小农说,"我就在阿尼卡陪着你。"

"苏三娜呢?"

"不重要了,"方小农笑着看向我和王立春,"我现在有孙小圣,还要她干什么?"

我看出来了,他在向我们宣告决心。这里是山区,这里属于方小农和猴子。山林就在屋后，只要他一声令下，猴子就归山了。

此时的方小农，已经不再是动物园的驯兽师，而是一枚千钧一发的按钮。王立春陡地站了起来。

"那么，对不起了。"他从兜里掏出了手机，"既然你是这个态度，那就只能报警了。"

方小农一副无所谓的样子，嘴角挂着一丝嘲讽。"如果你认为警察会帮你满山逮猴子，那就试试吧。"他说。王立春果真拨打了报警电话。提示音响起时，方母突然跪了下去。这一跪，王立春挂断了电话。他去扶她，但她双手拽住他的裤腿，嘴里反复哀求着。

"阿姨，我答应你，暂时不报警。"他说。

方小农的脸上总算有了愧疚之色，他双手交叉着抱在胸前，以掩饰自己身体的微颤。他向我投来了复杂的目光。我们算是朋友，可惜站在了两个阵营。我意识到，此时我和王立春并不占上风。即使报警，又能怎样？我们的目的是带走猴子。我尽量让自己的语气变得平静，就像我们在动物园时，说一件无关紧要的事。

"小农，"我说，"在来这里的路上，跟王科长讲了你和孙小圣的事。我们都挺理解你的想法和行为。"

"但是呢？"他问。

"但是，你真的了解孙小圣吗？"我说。

方小农愣了一下，但马上恢复了信心。他朝着外面吹了一声口哨，孙小圣像一道闪电从门外蹿了进来。

"我对它，比对自己还了解。"他得意地说，"我能从它的眼神看到喜怒哀乐，甚至能看到它的内心和灵魂。"

"那你敢不敢为我们来一出猴戏？"我说。

"你想看啥，钻火圈？走钢丝？骑自行车？没有道具，无法表演。"

"我想看的是，放猴归山。"我说。

王立春想制止我，已经来不及了。他有些恼怒地看着我，退到了一旁。方小农不明所以地看着我。

"我们打个赌吧，"我说，"如果你输了，猴子我们带走，如果你赢了，我们自己走。"

"怎么赌？"

"放猴归山。"

"你别耍花招，"方小农说，"我和孙小圣的感情，你最了解。"

"那就试试吧，"我说，"现在，带上你的猴子，让我们开开眼界。"

"走吧。"方小农说。

风吹开乌云，月光洒下来。院子里，那两只鹅和狗挤到了一块儿，不再管人间事。方小农走在最前面，后面是蹦蹦跳跳的孙小圣。他们不像是一个人和一只猴，而像是一个人的左手和右手。方小农伸出手，孙小圣抓住，一晃悠，猴已经站到了人的肩上。

"你搞什么鬼？"王立春在我身边低声问。我没有回答他。

屋外是几块板结的土地。土地的边上是山林。我们已经听到了松涛阵阵。月光下，树叶波浪一样地翻滚着。方小农看了看山林，又看了看我和王立春，最后，目光落到了孙小圣身上。

"去吧，"他说，"这才是你该去的地方。"

孙小圣看了看方小农，又看了看我们。我以为它会向我们打躬作别，哪知它垂下了猴脑，嘴里发出嘶嘶声。

"去吧，"方小农提高了语调，"进山去，我会常来看你的。"

孙小圣侧耳听着松涛，仿佛山洪席卷而来，它撒腿就跑。王立春哈哈大笑，是那种发自内心的、没忍住的笑。方小农一声怒吼，孙小圣陡然停了脚步。

"别怕，"他说，"我陪着你，我们一起上山吧。"

月光下，方小农的头发竖立起来，瞪着一双血红的眼睛。但尽管如此，孙小圣还是双手抱住脑袋，摇晃着，蹲了下去。方小农飞起一脚，朝孙小圣踹了过去，那猴子也不躲闪，有意迎了上去。瞬间，一只活蹦乱跳的猴子变成了一个呻吟的肉团。方小农伸手去抚，那猴子挣扎着起身，朝方小农跪了下去，不停地作揖。

"现在，你还有什么话说？"王立春问。

方小农没有回答。他像猴子样的一声啼叫，朝孙小圣跪了下去。

掩耳记 |

他们说，苏姗娜有问题。我心里疑惑，是吗？

他们说过很多人有问题，这样的问题，那样的问题，仿佛这个世界全是问题。于是我这里，一间两平方米的门卫室，就成了问题集中营。有时候，问题们在我的小屋里打架，自私战胜了狭隘，疯狂输给了愚蠢，狂妄自大和水性杨花打了个平手。更多时候，我和暂时无人认领的包裹们挤在单人床上。窗外灯光昏黄，世界混沌如初。问题们并没有消停。贪婪像只老鼠，躲在纸箱里发抖；怯懦像个将军，挥舞着大手；阴险发出了笑声，虚伪的杯中斟满了酒。

但是对我来说，这些全都不是问题。我只是一个沉默的看门人。他们所有的问题，到了我这里，就像丢进了一个无底的深渊。也正因为此，我知道了所有人的问题。谁没有问题呢？作为一个门卫，即使别人每个细胞都是问题，也和我没有关系。而且，我也不会傻到把自己当成是别人的知心人，他们无非是嘴闲着特危险，想找个地方说一下，而我恰好是一个称职的树洞。

"她这里有问题。"说话人伸出食指轻点着自己的太阳穴，一脸神秘，似笑非笑。

这是人力资源部主任，他来通知我：今后如果再有苏姗娜的快递，我不用签收了。因为她昨天已被公司解聘。

我说，好的。

我的白天总是从"好的"开始。这些年，我说过的"是"或"好的"，像电视里的广告所说，围起来可以绕地球一圈。我在这里做了十年门卫，别人都叫我老张，只有苏姗娜叫我张伯伯。

"张伯伯，有我快递没？没有啊？那有没有苏三娜的嘞？"

苏姗娜就是苏三娜。排行第三，前面还有俩姐姐。前段时间天冷，她请我帮她寄快递。她填了个单子，将一包衣服寄向一个叫阿尼卡的村庄。我说阿尼卡像一个外国地名，她朝我说了一句莫名其妙的话：民族的，就是世界的。天气持续降温，我的风湿病发了。世界的苏姗娜有天早上递给我一个棕色的小瓶子。

"张伯伯，你试试这个。"她神秘一笑。不待我发问，她就自己揭开了谜底。

"老虎尿。"她说，"我特意让方小农去弄来的，新鲜的，很珍贵。"

"怎么试？"我一头雾水，"是喝还是擦？"

"如果擦了没效果，就喝吧。"

过了几天，气温升高。我的风湿病好了。我不知道这是老天还是老虎的功劳。总之，我记住了方小农，一个动物园的驯猴人。

但是现在，他们解聘了苏姗娜。我多少有点惋惜。这家挂羊头卖狗肉的公司，我估计除了老总，没人知道他们真正从事什么勾当。我只知道，这里出入着一群梦想家。他们说人民币的单位不是元，而是万或者亿。他们说一百万的时候就像我们说一百元。某天有两个年轻人从我面前走过，一个说，我明年的目标是挣一千万，另一个露出了鄙夷的神情，说，你太没追求了，我的目标是五千万。我当时的想法是，一千万有多少？如果钱是树叶，那得沤多少粪啊。

电视里说，铁打的营盘流水的兵。而我是铁打的门卫。苏姗娜被解聘了，我只能花十分钟去想这件事。我太忙啦。我要签收快递，我要登记进出的人，我要对出入的公司领导点头微笑，我要在城市的角落里努力活到儿孙满堂。

有时候，我觉得这里就是一个动物园。公司里的领导是大象、狮子、老虎，而员工是浣熊、鹦鹉，或者赤颈袋鼠。而我呢，大概相当于一只苍老的蚂蚁。

每天五点以后，送走最后一个人，这里就属于我了。我关上大门，开始准备一个人的晚餐。我通常是要喝一杯的，甚至两杯、三杯、四杯。喝多少，全凭心情。心情好，多喝一杯。心情不好，当然也要多喝一杯。只有喝了酒，我才能够睡去。我不喜欢睡觉，但喜欢做梦。

苏姗娜被解聘的那晚我真梦见公司变成了动物园，人们围在笼子外面，看老虎、狮子、狗熊，但是他们看不到已经变成了蚂蚁的我。我附着于大型动物身上，爬上它们的额头，挥舞呐喊，人们也看不到我。我在失落中醒来，胸中冷气汹涌。天亮了。外面响起拍门声。我问，谁呀？外面的人说，张伯伯，我是苏珊娜。

我开了门，她像往常一样，脸上涂着厚厚的粉，口红颜色鲜艳，但涂得潦草。她穿一件黄色风衣、蓝色牛仔裤，高跟鞋跟像锥子一般。我为她走过的地面感到疼痛。她笑着向我问好（就像你们常见的那些初入职场的年轻人一样，紧张、谨慎），然后，她朝大楼走去。我叫住了她。

"苏珊娜，"我说，"他们说你已经被解聘了。按公司规定，你应该登记一下。"

"别听他们的。"她朝我笑了笑，"有没有被解聘，我自己最清楚。"

是啊，我想，她说得对。我是门卫，不是门神。一只蚂蚁，千万不要认为自己是只老虎。别说这大楼不是我家的，连门都不是。你们也别跟我谈职责，如果职责是让一个人变成机器，那么这里直接设一道门闸就可以了。

我目送苏珊娜走进大楼。八点整。她提前了一个小时。如此勤奋的女孩，怎么可能被解聘呢？那个说她脑子有问题的人，真是脑子坏了。

毫无疑问，我的小屋里，阴险家庭又添了新成员。这是一个大家庭，挤挤挨挨，在盒子里，像新买的火柴。只要轻轻一擦，就能引发熊熊大火。你们与其说我是个门卫，不如说我是个保密员。假如某天我将这些秘密说出来，那相当于一场亚马逊丛林大火。当然，我不会说。他们正是看中我这一点。如果不是因为还有非说不可的时候，他们最理想的状态是找个哑巴来守门。

门卫室里的电话响起。我接听，是公司的人力资源部主任。他在电话里问我，为什么要放苏姗娜进门，并且重申她已经被解聘了。我只能实话实说。可我这么说更是惹怒了主任，他说昨天已经告诉过我，苏姗娜有问题。我在电话里跟他道歉，他说道歉有屁用，让我去把苏姗娜弄走。他那语气，像是在办公室里发现了一条蛇。我想告诉他，我是门卫，不是保安，但主任已经挂了电话。

苏姗娜坐在电脑前。我进去的时候，她连头也没抬。我站在她身边，不知道如何开口。其他人都在格子间里忙碌着，手指敲击键盘的声音让人想到夜里的老鼠或者某种虫子。苏姗娜也在忙活着。

"你这是在工作吗？"我问她。

"没有。"她心不在焉地说，"我在打游戏。"

她对面的一个格子间里传出笑声——就是你们所能想象的那种隔岸观火的笑。紧接着，其他的格子间里有人站了起来。他们都在看着我，像是看一只猫和刺猬的交锋。

"他们说，你真的被解聘了。"我说。

"没有。"她说，"口说无凭，我没有收到书面通知。"

又有几个人笑了起来。我不知道这话有什么可笑之处。

他们是在笑话我无能吗？我咳嗽了一声，一跺脚，怒吼：“苏姗娜，你到底是啥意思？”

“跟你没关系啊，”苏姗娜淡淡地说，“这是我自己的事，我会处理好的。”

我愣在原地，进退两难。其他人正在幸灾乐祸地看着我。

“那你跟我去人力资源部，跟他们说清楚。”我伸手去拉她，她直接甩开了我。

“我会去的，”她的脸上浮现出一丝鄙夷，“我当然要去问问，他们凭什么解聘我？但是，这不关你的事。你的职责是守大门。”

我大张着嘴，像一只被扔在岸上的青蛙。我嘴里发出咝咝声，牙隐隐作痛。我希望她能够对我更凶一点，好让别人明白，我已经尽力了。但是，她似乎意识到了这样对我是件多么残酷的事。

“张伯伯，”她缓和了口气说，“你回去吧，我会自己处理好的。”

我看了看四周，其他人已经缩进了格子间。我想我真的已经尽力了。我是门卫，门口才是我的阵地，我跑到别人办公室来逞啥能呢？回到门卫室里，登记进出的人、指挥车辆、收发快递和信件，这才是我的分内之事。

那天中午我正在指挥停车，远远看见人力资源部主任走了过来。我说，倒倒倒，方向再往左打一点，对，回正。主任说，老张，我在门卫室等你。

他坐在玻璃窗后面，远观着我。很明显，他不是来寻包裹的。他是个小眼睛的胖子，笑起来时，就像把两粒黑豆按进了面团里。

他说，老张，你坐。

他看了看四周，发现逼仄的门卫室里堆满了包裹，我唯一的椅子正被他坐着。他挪了挪屁股，但并没有站起来。

他说，老张，你今年贵庚？我说，六十二，属狗。

他说，啊，该是退休的年龄了。

我说，农村人，退啥休呢？眼睛闭了才算完事。

他说，该是享福的时候啦。

我说，领导你有话就直说，我听着呢。

他说，最近公司的情况越来越复杂，我担心你年纪大了，应付不了。所以，我们考虑从保安公司聘请受过训练的退伍兵，这事你要有心理准备。

我说，我虽然六十二了，但浑身是劲，没有应付不了的事，请领导放心。

他说，未必。你好好想一下。

这家伙说完话，站起身来，肥胖的身子撞翻了包裹。我按住空转着的椅子，坐下去，感觉自己整个人都在漏气。他妈的——这狗日的天气真的越来越冷了。

眼下已是冬天。如果人这一辈子是四季，那我现在是一只脚跨向了冬天，一只脚还留在夏天。我必须拖着老迈的身体像个年轻人一样干活。我的孩子们，两男一女，他们在这个城市里，像几只可怜的老鼠，努力糊口，并且从牙缝里省钱，用纸片堆积着高楼大厦的梦。我养大了他们，他们四肢健康，智商正常。他们试图活得跟我不一样，但往往力不从心。所以，唯一值得我们庆幸的是，我们都不需要负担对方。除非某天，真有灾难降临。我说的，不是自然灾难，而是人祸，比如刚刚发生的事。

我再次见到苏姗娜是在下班之时。她仿佛已经忘了上午的事，又向我鞠躬道别。她总是这样，见面时鞠躬，说你好，分别时鞠躬，说再见。她的脸上永远挂着令人心疼的笑容。

"苏姗娜，"我说，"他们为啥要解聘你？"她愣了一下，说："他们没有解聘我。"

"可是，他们现在要解聘我了，"我说，"苏姗娜，看在我一把年纪的分上，你就承认了吧。"

"即使他们想解聘我，我也不认，"她说，"签约是双方的事，解聘怎么就变成了单方面的事呢？你说对吧？"

她在我面前摊开双手，仿佛她需要的答案会乖乖落在手心。她声音洪亮，吸引了几个同事的目光。他们放慢脚步，竖起耳朵，但没有停下来围观。

"不管怎样，你明天不能再来了。"我高声告诉她。

"你没有资格说这话，"她高声说，"他们不光不能解聘我，我还要去起诉他们。"

这话刚好被下班经过的主任听见了。我以为他要过来跟苏姗娜理论，哪知他却钻进了自己的汽车。他的车从我们面前开过时，车窗紧闭。

"看到了吗？"苏珊娜说，"他们理亏，所以跑了。"

"别人那是懒得理你。"我说。

我退回了门卫室里。一个女人在电视上为一款香皂打广告。接下来，是一家三口开车穿过沙漠（汽车广告）。苏珊娜不见了。院子里的车也都开走了。我去公司大楼里查看了一遍，确定没人后，关上了大门。

我给儿子打了个电话。他在离我几十公里远的地方给人刮双飞粉。我能想象他全身落满白色灰浆的样子，像头奶牛。他站在高凳子上挥舞着铲子，把不需要凳子就能完成的地方交给他的老婆。我有三个孙子，他们之间相差一岁，如今，三个人都在同一家学校上学，相隔一个年级。儿子接我电话时，永远是一副不耐烦的样子。

"快说，有啥事？"他说，"我忙得很，时间就是金钱呢。"

"我可能得回老家了，"我说，"我怕我有天会死在外面，给你们添麻烦。"

"你回去干啥？"他说，"那个拉屎不生蛆的地方，你待了一辈子，还没有待够？"

我沉默了一会儿，没有告诉他我正面临着的麻烦。他先挂了电话。我放弃了给其他儿女打电话的想法。我又想起了苏珊娜，是那种带着怨气的想。然而，她却在这时候拍响了大门。

"张伯伯，是我，苏珊娜。"她说。

我坐着不动。电视里正在播放着一出抗战剧，一个家伙骑着摩托穿过一片旷野，身边枪林弹雨，但他毛发未损。苏姗娜还在外面拍门，嘭嘭嘭，"张伯伯，是我，苏姗娜。"然后，每过一分钟，她又重复一次。我打了个喷嚏，为自己加了件外衣。苏姗娜拍得更重了，带着一种愤怒的情绪。她几乎是在擂门，声调也更高了，省略了称呼——"开门！"

我当然不能轻易开门。我站在门后面，以一种公事公办的语气告诉她，现在是下班时间，有事明天再来。门外面沉默了一会儿，她再出声时，带着哭腔。

"张伯伯，"她说，"你开门吧，我求你了。"

令我心软的，是那个"求"字。我这样的一生，能有几次被人求啊？我打开了门。她像是怕我后悔似的，在第一时间挤进来。她把一个黑色塑料袋放在一堆包裹中间，朝我鞠了一躬。

"你别整这些形式主义，"我说，"你要真讲礼貌，就别为难我了。"

"我没有别的办法了，"她说着，又朝我鞠躬，"请您帮帮我。"

她从黑色塑料袋里拿出那两瓶包装还算精美的白酒，怯生生地递到我面前。

"把酒收起来，"我底气不足地说，"你这是……你这是在行贿。"

苏姗娜扑哧一声笑了出来。

"我这是孝敬您，出于爱心，"她说，"我知道，您在这个城市里无依无靠。"

"我有儿有女，有……"我说着，突然丢失了下半句话。

她将那两瓶酒塞进我怀里。这真让我为难。如果我不抱住它们，就会掉在地上。但当我抱住它们，就再也不想松开了。

"我不能没有这份工作，张伯伯。"苏姗娜说，"我是阿尼卡的第一个大学生，我怎么能没有工作呢？难道我连方小农那样的驯猴人都不如？"

我对那个给我老虎尿的家伙，一点兴趣也没有。眼前的麻烦，可比风湿病还要严重。我给苏姗娜倒了一杯白开水。她接过纸杯，捧在手里，用来焐手。她坐在一堆包裹中间，沉默地看着我。这种近距离的观看，让我不得不去揣摩她到底是个什么样的人。

她应该不超过二十五岁（我没有问），脸上虽然使用了很多粉，但还是难掩皮肤的底色。我仔细观察了她的五官，确信：如果你在地铁上遇见她，你一定不会留下印象。她平凡得让我心生怜悯。

"你想我怎么帮你？"我问她。

"你装没看见我就行了。"她说，"如果我从你面前走过，你就当是一棵植物或者一只小猫。"

"苏姗娜，你是个大活人啊。我可以装瞎，但别人也瞎吗？""明天你就知道了，"她说，"拜托你了。"

她从床沿起身，深鞠一躬，踮着脚尖，踩着小碎步，像只惊惶的流浪猫，顺着墙根消失了。她走后，我将头晚剩下的半瓶白酒喝了，裹进被窝，听窗外刮了半夜的风。这些风吹过枯枝和电线，发出呜呜声。风消停后，车流声又轰隆隆地碾轧着我的耳膜。我的耳朵被无限放大，像一个隧道，车辆正在结队穿过。天亮的时候，风声和车流声消失了。这让我怀疑昨晚只是做了一场刮大风的梦。

我打开了门，先是看到了那株肥硕的仙人掌。那盆绿油油的仙人掌，它在苏姗娜的肩上张开，高出了她的头顶，这让她看上去像一只滑稽的兔子。我转身回了门卫室里，看到仙人掌从我窗外走过。我闭上了眼睛。

有人来门卫室取包裹，我告诉他们，我生病了。他们问我，哪里不舒服？我说头疼，像是脑袋里进了水，一晃动就疼。所以，当电话响起时，我正躺在床上，我告诉自己没听见。

"老张，你咋回事？"主任找上门来，高声质问。

"我可能是得了重感冒，"我说，"头疼、发烧、咳嗽。"

"我没问你的病情，"他说，"你怎么又把苏姗娜放进来了？"

"我没看见，一直躺着呢。"我翻过身来，发出呻吟。

主任似乎动了恻隐之心，没让我再去赶苏姗娜。于是我愉快地躺着，睡了个回笼觉，直到我被一泡尿憋醒。这栋楼上，男女厕所隔层设置。男厕所在二、四、六楼，而苏姗娜他们的办公室正是在二楼。我摇晃着穿过院子，扶着楼梯护栏而上，刚走到转角处就听到了闹哄哄的人声。我想转身下楼，突然后面传来了急促的脚步声，并且听到有人在叫我。

"老张，你来得正好，领导打值班室里的电话没人接，正让我去叫你呢。"

那是一个刚来不久的小伙子，他看起来确实很着急，但又是一副事不关己的样子。

"我生病了，浑身无力，上楼都费劲。"我说。

"领导说如果你不去，那就不用上班了，要养病回家养去。"那个小伙子说完这话，跑进厕所里。我们在厕所里相遇，他边撒尿边说："话我已经给你带到了，怎么选择，你自己看着办。"

我硬着头皮迎上去。冷风在走廊里肆虐。我看到有间办公室的天花板上吊着转动的风扇，老骨头不由得颤抖起来。人们已经集中到了走廊里，我的眼前是黑压压的脑袋和身子。有人在说话，叽叽喳喳，听不太清楚，大概是好奇或者不满。有人说，让一下，让一下，老张来了。他们为我让出了一条道。他们的关注点在走廊的尽头，那是苏姗娜的办公室。她站在办公室门口，肩上还扛着那盆仙人掌。她背对着人群，我看不清她脸上的表情。当然，她也看不见别人对她的指指戳戳。

"我跟你说过的，她这里有问题。"主任对我说，"这下你该相信了吧？"

我点了点头。

"请你把这个疯子弄走。"主任的音调不高，但明显是在命令。"我生着病呢，"我说，"四肢无力，上楼都费劲。"

"我不管，"他说，然后又呵斥那些窃窃私语的看客，"看什么看，没见过有人装仙人掌吗？"

他们一哄而散，只留下我和苏姗娜站在过道上。她一动不动地站着，右手抓住花盆边，盆里仙人掌奋力向上。

"苏姗娜，"我说，"你疯了吗？为啥要这样让人看笑话？"

她不理我，依然保持着先前的姿势。主任放心不下，将脑袋从办公室门口伸出来。他看着我们，就像在观看两只即将开斗的蟋蟀。我看了他一眼，他甚至莫名其妙地朝我竖起了大拇指。

"苏姗娜，"我哀求说，"你走吧，别在这里影响别人上班。天下之大，哪里不能混口饭吃？"

她像个雕塑，仿佛没有听见我的话。

"苏姗娜，"我说，"你的肩膀不会酸吗？要不要把仙人掌换到左肩上来？"

我知道她不会回答我，便伸手去拉她的左手。哪知，她突然转过身来。她肩上的仙人掌从我脸上刷了过去，剧烈的疼痛，三根刺留在了我肉里。我没有叫喊，平静地走到主任面前，仰起脸给他看。

"你看，我的脸现在像不像仙人掌？"我问他。

"仙人掌是她的武器，"主任答非所问，"我刚才就见识了，但我躲得快。"

"我的左脸肿了，我还要把右脸迎上去吗？"

"那就报警吧，"主任说，"我就不信警察会连个门卫都不如。"

"对，我是个门卫，我的职责是守门。"

"你别走，也别把脸上的刺摘下来，你是受害者。"

来了一高一矮两个警察。主任迎上去说明情况，他们似乎没有听懂，一遍遍高声问发生了啥事。那些看热闹的人又出现了。他们从一个个格子间里跑出来，挤在过道里。

"就是这个人，"主任带着警察来到苏姗娜身后，指着她说，"她伤了我们公司的门卫。"

"凶器呢？"那个矮个子警察问。

"在她肩上扎着呢，"主任说，示意我走到警察面前，"你看，我们可怜的门卫，脸上还扎着刺。"

我听到那矮个子警察发出了一声冷笑。那个高个子警察凑近苏姗娜看了看，哈哈大笑。

"你们这是搞行为艺术吗？"警察说，"这个作品有点意思。"

"警察同志，辛苦了啊，"主任凑上去说明情况，"这是我们公司的员工，前几天被解聘了，但是，她死活不愿意离开。"

那警察意味深长地"噢"了一声，看了看在场的人，郑重宣布：这是你们公司内部的事，你们自己处理吧。然后，他们嘀咕着离开了。我们惊讶万分地相互看着，直到主任也学着警察的声调宣布：谁再围观苏姗娜，明天就不用来上班了。

我回到门卫室里，脸已经肿成了仙人球。我拔下了那三根大刺，但对那些几乎看不见的小毛刺束手无策。我想，此等奇痒难耐，只有苏姗娜送我的酒可以治愈了。

事实确实如此。我边喝边骂苏姗娜，边骂边赞这酒好。喝完一瓶酒，我觉得肉里长刺和肾里长石头一样，没啥好大惊小怪的。下午的时候，我借着酒胆，摇晃着身子，肿着脸，去找人力资源部主任。苏姗娜还站在办公室门口，保持着上午的姿势。他们连围观她的兴趣都没有了。她的座位上已坐了别人。

"我的脸咋办？"我问主任，"这算不算工伤？"

"又不是我弄伤你的，"他说，"凶手现在还站在那里，你咋不去找她？"

"我是门卫，可你却让我干保安的活。"

我在他办公室坐下，掏出香烟来点上，他立马就皱起了眉头。

"你也想学那个疯子，来霸占我的办公室？"

"人心都是肉长的。"我说。

我又起身给自己倒了杯水，拿着垃圾篓放在脚边，响亮地吐痰。

"我给你放两天假吧，"他说，"至于门口那个人，今后你不用管了。她喜欢站着,那就让她站着。大家都会当她是一团空气。"

"好!"我说,"当一团空气好,而且是臭气,别人都要捏着鼻子走开那种。"

或许为了庆祝这一胜利,我的脸迅速消了肿。我去街上转了一圈。冬天的街头,树枝瑟瑟发抖。太阳躲在乌云后面,就像那些我们以为不存在的事物,就像空气苏姗娜。我在心里笑起来。她以为肩扛仙人掌就真的成了仙人掌?这下好了,别人把她当成了空气。

我走进一家商场,认真看那些跟我毫无关系的商品。我挤在人群里看了一场产品促销演出,举手回答了一个白痴问题,获得了一个气球作为奖励。当我举着红气球走在街上时,总算有人朝我投了几道目光。我去了菜市场,买了半斤排骨和一个萝卜。回到门卫室,我将气球插在窗缝里,没过多久就爆炸了。

我又看见了苏姗娜。她走在下班的人群中,笑眯眯地主动跟身边人说着话,像是啥事也没发生。她朝我走来,我知道她又要鞠躬了。我下意识地后退,但她的头已经低下去了。

"张伯伯,对不起。"她说,"你的脸好些了吗?"

我的手在空中荡开,像是有无数的尘埃正在朝我扑来。她在门外站住,朝我鞠了三次躬。我斜乜着,一言不发。为了证明她在我心里只是一团空气,我主动跟其他人打起了招呼。我问,下班啦?别人回答:嗯。我说,今天真冷啊。别人回答：嗯。

　　仙人掌的影子从我的余光里慢腾腾地飘走。我终于长舒了一口气。排骨在锅里散发出香味，白萝卜已经洗净切好。酒在酒瓶里荡漾，忍不住想要钻进我的喉咙。我身体疲惫，心情轻松，苏姗娜这根刺终于从我的脖子里取出来了。

　　到了第二天早上，我又看见仙人掌从我窗前飘过。我尾随她上楼，她走到办公室门口就站住了。她站在那里，像一个上学迟到的孩子。她侧身站着，肩上还扛着那盆仙人掌。人们从她身边走过，没人跟她说话。现在是上班时间，有个会议室里在开会，发出争吵声；有个会议室里在宣誓——努力努力再努力！苏姗娜在别人宣誓的时候，也将左手举过头顶，她声嘶力竭地想汇入口号中，但他们似乎没有听见她的声音。

　　这事终于尘埃落定了，我想。这一天，主任心情不错，他哼着歌曲从我身边走过，问我干啥。我说，我来上厕所。他说，厕所在那边。我说，我喝多了，迷糊。

　　那时我真的喝多了。我像一只藏不住隔夜粮的老鼠，很快喝光了苏姗娜给我的那两瓶酒。每当我遇见苏姗娜的时候，我总是可耻地回忆起那酒的滋味。这真是一种折磨。我指的不是遇见她，而是回忆那消失的滋味。现在的苏姗娜，每天准时上下班。那盆仙人掌，在她的伺候下，长得更高了。她扛它在肩，每天站在办公室门口。有时候我想，时间长了，那地儿会被她站出一个坑来。

有天我终于忍不住了，对她说："苏姗娜，其实你没必要每天带着仙人掌来。你从我窗前经过，我看得清清楚楚。你放心吧，我不会拦你的，我们已经当你是一团空气了，我啥都看不见。"

可是她对我说："不。我不能放下仙人掌。它已经是我身体的一部分了。而且，我要告诉你，我不是空气，我是仙人掌。"

"好吧，"我说，"那我们就等着看你长成一棵仙人掌。""您就等着看吧，张伯伯。"她说。

我打了个寒战，并不是因为寒冷，而是我感觉到了她说这话时的认真。一周过去了，一个月过去了。圣诞节到来了。门卫室里电话响起，人力资源部主任让我去一趟。"你猜我找你来有啥事？"主任说。

"反正不会是好事。"我说。

"世界上没有绝对的好事和坏事，"主任说，"生活的舵，要自己去把握的嘛。"

"现在的我，一阵风就能吹上天，还能把握生活的舵？"

主任从椅子上起身，移步到我对面坐下。他按下茶台上的电磁炉开关，水滋滋响着，他看了我一眼，我们都没有说话。水沸腾起来，他洗了壶和杯，在我面前摆了一只茶杯。

"今天是几号？"他突然问我。"12月24号。"我说。

"那刚刚好，不算晚，"他说，"上完这个月，你就回家过年去吧。"

"我今年不回家，"我学着儿子的口气说，"在那个拉屎不生蛆的地方待了一辈子，待怕了。"

"我的意思，"他朝我面前的茶杯里倒水时，停顿了一下，"你开年也不用来了。"

我端起茶杯，又放下。我看着他，他朝我笑了笑。

"又是因为苏姗娜？"我高声问，"你到底想要我怎样？杀了她吗？"

他摇了摇头。

"你相信我，老张，这事真的与她无关，也与我无关。"他说，"公司明年会有更大的发展，我们需要专业的保安，而不是一个门卫大爷。你明白吗？"

我站起身来，手里还握着那只茶杯。我手抖，茶水洒了出来。"我向你保证，从明天起，我再也不会放苏姗娜进来了。"我说。

"真不是因为她，"主任示意我坐下，"至少这次不是。"

"我向你坦白，我收了她两瓶酒。"我说，"酒被我喝了。如果你怪罪我，我可以退给她。"

主任笑了起来，又朝我的茶杯里添了水。

"每个人都会老，每个人都会退休，"他拍了拍我的肩，"老张，每个人都要落叶归根。"

"我不是每个人。"我说，"没有工作，我怎么活？"

"每个人都会死的。"他说，"就这样吧，你这两天就开始收拾东西。元旦的时候，会有两个年轻保安来接手你的工作。"

"我不！"

我终于朝他喊了出来。这喊叫，像是一枚炸弹在我体内开了花。我仿佛看见自己的五脏六腑化作了弹片，射向了眼前这个家伙。但他并没有倒下。

"反正，我已经通知过你了。"他说。

"我不，"我说，"我要和他们比试，看谁才是一个合格的保安！"

"那是你的事了。"他说。

他已经在瞬间丧失了耐心，脸上露出厌恶的表情，想要像赶苍蝇一样地赶我走。苏姗娜依然站在过道上。她背对着我，仙人掌在她肩上无声生长。我下了楼，回到门卫室。旧椅子在迎接我这具衰老的身子骨时发出吱呀一声。我转动着身子，吱呀声持续不断。厚厚的水雾凝聚在窗玻璃上，我用手掌擦拭，院子那两棵梅花在我眼前清晰起来。它们是什么时候开的呢？这一年，真的就要过去了。

我又想起了苏姗娜。此时，她一定还站在楼上的过道里，肩上扛着她的仙人掌。而我的儿子，此时，应该正在给某一面墙抹双飞粉。至于那个叫方小农的家伙，也许正在动物园耍猴呢。如果天地间有一双巨大的眼睛，它应该可以同时看见目所能及处所有人的行为。

我的想象被汽车喇叭声打断。我知道，外面的马路又堵瘫了。总有一些暴躁的司机，在这时候毫无意义地按喇叭，恨不能让汽车长出两只翅膀。

快递员骑着电动车飞驰而至，他戴着红色白沿圣诞帽，将一个沉重的包裹放在我面前。他说，老张，圣诞快乐。我说，快乐个卵，老子要下岗了。他说，下个卵的岗，你是老员工了，请神容易送神难。我说，我不是神，我只是个门卫而已。他说，我管你是不是神，帮我在这个包裹上签个字吧。

包裹的收件人是苏姗娜。我扔下笔，对快递员说：这个人已经被公司解聘了，包裹，你退回去吧。那家伙愣了一下，掏出手机来打电话，但对方没有接听。

"人家也许在上班呢。"我笑道，"她哪有时间接你电话？"

"你说啥？"他问。

"啥也没有。"我说，"但是请记住，今后这里没这个人了。"快递员带着包裹走了，他没有看见我脸上漾起的笑容。

但是，十分钟以后，苏姗娜看见了我的笑。我扳过了她的左肩，让她看着我。

"苏姗娜，"我高声说，"你这里真的有问题。这里，这里，你知道吗？"

她朝我咧了咧嘴，一言不发。

"神经病！"我又高声说，"你脑袋有问题，知道吗？"

她紧闭着双唇，转过身去，仙人掌在她肩上沉默不语。有几颗脑袋从办公室里伸出来，脸上挂着笑容，朝我挤眼睛。

"苏姗娜，你以为装聋作哑有用吗？"我继续朝她吼，"现在，我向你宣布：从明天开始，如果你再从我门前走过，我就打断你的腿。"

那些从办公室里伸出的脑袋朝我竖起了大拇指。我跺了一下脚，楼道里泛着回声。

"离我们公司十米远的地方，你都不能接近，"我的指头戳向她的脑袋，"否则，我会让你见识一个老头子的力量。"

我似乎看见那些脑袋后面伸出了手，他们就要为我鼓掌了。但是，我在他们鼓掌前昂首阔步地离开了。我在心里向所有人宣布：走着瞧吧。

苏姗娜小心翼翼地走在下班的队伍里。她肩上那棵鲜嫩的仙人掌颤抖着，随时都有可能折断。她跟旁边的人说话，别人敷衍着走开了。

"苏姗娜，你站住！"我跑过去堵在她面前。她乖乖站住了。

"如果明天再见到你，那就别怪我不客气了。"我说，"你听到了吗？我要你回答！"

她默默地看着我，又看看围在身边的人。

"你听见了吗？"我说，"现在是下班时间，你可以开口说话了。"

她试图绕开我，但被我一把拽住了衣角。

"你不回答，就别想离开。"我说。这时，人力资源部主任出现了，他似乎朝我笑了笑，但没有停留，直接走向了停车场。

"我听见了，张伯伯。"苏姗娜说。

苏姗娜走时，没有回头。紧接着，围观的人也散了。他们有的走向停车场，有的走向地铁站。我关门的时候，发现这令人厌烦的嘎吱声，竟然带着一种庄重感。嘎吱——分合。门是一个伟大的东西，它既是阻隔，又是通道，它是身份象征，也是安全保障。你想想，如果这个世界没有门，那多可怕。而我，正是世间某一道门的守卫者。

关上门，嘎吱。没有我的允许，任何人不得入内，连一只流浪猫也不行。打开门，嘎吱。外面喧嚣声如浪，如果我一脚跨出去，就能汇入欢乐的海洋。可我在门口站得笔直，双手握拳，想象怀抱钢枪，一脸严肃。我想象有一辆车开进门来，我抬手敬礼，然后继续目视前方。我一次次抬手，敬礼的动作越来越熟练。我一遍遍纠正自己的站姿，越来越标准。如果我每一次敬礼都有一辆车驶进门来，那么，现在停车场应该满了。

我转身跑向停车场。谁说那里空荡荡？在我眼里，那里分明是些正需要我去指挥的车辆。司机们像是走进了丛林，迷了路。他们打开了双闪灯，求救的喇叭声响彻天际。没有了我，他们就是一群孤独的孩子。我怀着怜悯之心，朝他们奔跑而去，风吹过来，我眼眶湿润。

倒——方向往左打死——再来一点——回正——保持这个角度往后倒——停。

再往前——好——方向往右打死——回正——向前走——往后倒。

　　我跑前忙后，一口气指挥这些车辆停好，累得满头大汗。但我心里高兴极了。我重新坐回门卫室时，看到不远处升起了烟花。平安夜了，我想，喝下这杯酒，我就上街去。

　　可是，街道已经变成停车场。司机们堵得没了脾气，坐在驾驶室里昏昏欲睡。人们倾巢而出，结伴走在街上。路边有人卖圣诞帽，我给自己买了一顶。戴上圣诞帽，走过一家商场，我站在镜子前，随着音乐跳了起来。一个小孩走到我面前，他问，你是圣诞老人吗？我说，对，我是圣诞老人。他问，那我的礼物呢？我说，在你床前的长袜子里。小孩高兴地离去。

　　人们手上拿着仿真飞雪，但没人朝我喷射。于是，我也买了一瓶，将它们全部喷在了自己身上。我想，此时的我看起来真像是圣诞老人了。我挤在人群里，朝每一个人笑，笑得脸上肌肉酸疼。

　　世界已变成了一个巨大的蜂巢。即使我将沾满仿真雪花的脑袋埋进被子里，那噪音仍然洪水似的灌进来。我的手机闹铃比平时提前了一个小时。我越想关上耳朵，就越容易在混沌声中分辨出音乐，越想赶走那些情景，它们就越发清晰起来。

　　后来，闹钟响起，吓我一跳。这迷迷糊糊的一夜，我不知自己睡了多久。外面平静了，垃圾堆满街头。天刚亮，我打开了大门。我站得笔直，等候第一辆车驶来。可是，向我驶来的是一辆唱着歌的环卫车。两个环卫工人走下车，带着愤怒和无奈，倾倒了垃圾，歌声渐远。

两个小学生牵手走过，齐声背诵：人之初，性本善。

一个脏兮兮的中年男子，骑着一辆加装了马达的三轮车，晃晃悠悠地驶过。车上装满白菜。

终于，有一辆车慢慢开来，打开了转弯灯。我认出来了，那是我们公司某个员工的车。我抬起右手，嘴里高喊：敬礼！然后，我转身，小跑着跟了上去，准确无误地指挥他停好了车。我听见他哈哈大笑。我并不在意，跑向大门口，站得笔直。

就这样，我向每个进出的人敬礼，其余时间都站得笔直。不断地敬礼，我的右手酸疼，喉咙沙哑。当我重新回到门卫室里，我高兴得就要欢呼起来：苏姗娜没有来。

这真是件振奋人心的事。我已经迫不及待了。我朝楼上跑去。主任已经坐在办公桌后面了。他似乎正闲着，或许是正在等我。

我说，主任，我今天的姿势标准吗？主任愣了一下，然后皱着眉头看我。

我又说，主任，告诉你一个好消息，苏姗娜没来公司。这时，我看见主任笑了起来。

他说，老张，我刚才以为你是疯了。但是，现在，我觉得你是瞎了。

我说，主任，我正常着呢，圣诞快乐。

他说，那个疯子在办公室门口站着呢，你没看见？还是你明明看见了，还来我这里撒谎？

　　我感觉世界已经天塌地陷。我下意识地朝外面跑，果真在那间办公室门口看见了苏姗娜。她的肩上仍然扛着那盆仙人掌。

　　我说，主任，我从早上六点守到现在，我向你保证，苏姗娜没有从我眼前进入公司。

　　主任说，老张，今天是 12 月 25 日，你该收东西了。圣诞快乐，春节快乐，甚至，连明年的中秋也快乐。

　　我这一生，没有经历过大地震。但是我知道那样的感觉。所有的东西，瞬间复活了。办公桌、椅子、茶杯，还有我自己，全部朝一个方向飞驰而去。谢天谢地，我抢在沙发飞之前，坐了上去，它没能飞。

　　我说，主任，你到底要我怎样？

　　我听到他带着宽宥甚至友好的笑声。

　　他说，老张，你的酒还没醒吗？你把我说过的话当放屁，我真的要生气了。

　　大门敞开着。我从那里走出去，左转，往前十米就到了苏姗娜背后。

　　我说，苏姗娜，我求你了。

　　她朝我点点头，露出了一丝笑容。

　　我说，你告诉我，你怎么进的大门？她说，我从天而降。

　　我说，你就当我快死了吧，告诉我，你怎么进的门。她说，晚上告诉你。

　　晚上我守在门卫室里，等着苏姗娜来敲门。结果，我看到她从停车场那边走来。她的身边还跟着一个陌生的男人。

我说，这是方小农吗？

她说，不是。他叫壁虎。我说，你换男朋友了？

她说，不是，方小农和他的猴子走了。

她这样说的时候，那个叫壁虎的人拼命点头。于是，我明白了，他们真的是从天而降。

我说，我不会放你们走的，等着。

她说，你是门卫，你守住大门就好了。

她笑了起来。壁虎也跟着笑，然后拍了拍我的肩。我在他们逃走之前抢先一步，站到了门口。可是，他们朝停车场那边走去了。我关上大门时，想到了一个词：插翅难飞。结果，当我追到停车场的时候，我看见壁虎带着苏姗娜已经爬到了楼顶。他们朝我挥了挥手，然后消失不见了。

12月26日，主任来到门卫室。他说，你怎么不见动静？我说，啥动静？他说，要回家的动静。我说，回不回，是我的事，跟你有啥关系？他说，那我提前祝你新年快乐。

我在12月28日搬出了门卫室。但我依然是门卫。所不同的是，我的工作地点从门里面搬到了门外面。我比以前更加努力，我向每一个经过的人和车辆敬礼。有时候，他们朝我哈哈大笑，有时候，他们向我点头。

新的一年开始了，两个比我儿子年轻很多的家伙接替了我的岗位。他们和我一样，喜欢喝酒，喝醉了就吵架，甚至打架。他们和我一样，来自某一个闻所未闻的村庄。隔着一道门，我们喝酒、划拳、聊天，我们成了好朋友。所以，当某天，他们逮到顺墙而下的壁虎和苏姗娜时，我请他们手下留情。

"那是我的儿女。"我说，"放心吧，他们不会害人，他们只想做一棵仙人掌和一只壁虎而已。"

"我们该怎么处置他们？"其中一个保安问我。

"我们啥都没看见。"我说。

苏姗娜走的时候，按下壁虎的头，两人一起朝我鞠躬。他们没有看见我眼角的泪水。

找呀找 |

这些生活在阿尼卡山区的孩子，他们爱憎分明。比如他们讨厌拼音、词语、句子、唐诗、中心思想、加法、减法、方程式、面积、圆周率，但是喜欢蝴蝶、蜻蜓、麻雀、斑鸠、弹弓、陀螺、河流、鸭子……甚至蝙蝠，当他们走进山洞里，见它们倒挂在崖上时，除了遗憾这些黑乎乎的瞎眼家伙不能吃以外，并无恶意。当然，他们也不关心粮食和蔬菜，那是大人们的事。

这些背上书包，走向课堂，暂时告别了土地和农活的孩子，如果非得要问他们在学校里喜欢什么课程，那就是音乐和体育。星期五下午的课是音乐和体育。他们学了一首歌叫《找朋友》。

找呀找呀，找朋友，找到一个好朋友。敬个礼，握握手，你是我的好朋友。

……

他们唱着这首刚学会的歌，像歌里唱的那样，找呀找，相互敬礼，握手，然后一起重复着那句"你是我的好朋友"。他们手舞足蹈，越唱越激动。下一节是体育课，音乐带给他们的欢乐，看起来更像是为体育课热身。他们在教室里追逐，将桌子和凳子当成障碍物，挪来搬去，发出乒乒乓乓的响声。有人甚至跳上了桌子。灰尘在阳光下飞舞。学校在山顶，太阳在更高的山顶，斜射着。

"都不要动！"个子最高的男生井深突然冲上讲台，拿起横放在讲桌上的木棍狠敲了三下，"都不准说话！"

讲台下立即安静了。张开的嘴巴无声合上，迈开的脚步轻轻收住，敬礼的双手放下来，不知所措。所有人的眼睛都盯着井深。十二岁的井深，身高一米六。在这个夏天，他穿了一件坏了拉链的草绿色绒衣，用一根红布带束在腰间，勉强将那两片随风飘荡的前襟拉在一起。他的裤子又肥又短，在腿上晃荡着。他站在讲台上，手里握着棍子，把台下的所有人都看了一遍，然后用一种集悲伤、愤怒、紧张于一体的声音说："班上有小偷！我的钢笔丢了。"

台下发出一片惊呼。井深的好朋友倪小早反应最快，第一时间将教室门从里面闩住了。然后，他站到了井深身边，用手指点着数了数，确认全班同学都在。

"谁拿了我的笔，现在交出来，我可以不追究，"井深顿了顿，突然加重了语气，"但如果让我搜出来，就别怪我不客气了。"

倪小早和井深的目光再次从同学们的脸上扫过，但他们没有看到惊慌的神色，只有茫然。尘埃在阳光下欢快地飘荡，两只鸟儿在窗外的电线上发出鸣叫。更远处的水田里，有六个农民排成一行正佝腰插秧。

"搜！"井深向前方一指，像是一位将军在宣战，"我不信它会长翅膀飞了。"

倪小早得令而出，大有纵马扬鞭于万马营中取敌人首级之势，他们从第一组第一桌开始搜。至于这样的搜查是否合理合法，他们并不知道。对同学们而言，重要的是要证明自己的清白，所以除了配合别无他法。他们将书包摆放在课桌上，掏出书本和文具，然后又翻出衣兜和裤兜，让失主看。这些孩子的课本脏兮兮皱巴巴，文具少得可怜，只有极少数人的书包里有从家里带来的烤红薯或烤土豆。而男生的兜里大多装的是弹弓或纸船，女生兜里是毽子或沙包。

"看见了吧？没有。"他们纷纷这样说。

确实没有。全班三十七人，他们搜了三十五人。

"等一下，"倪小早说，"还有我，你也搜搜我的书包。"

尚不等井深说话，倪小早就主动翻出了自己已破洞的衣兜和裤兜，又从书包里拿出书本和文具，将书包凌空抖了几下。井深看到这里，说，我们是好朋友，不用搜。

上课铃响过后，操场上传来体育老师的哨声。井深拨开门闩走出教室，阳光下，操场上空，有无数个小金人在跳舞。他停下脚步，手扶教室门口的砖柱，闭上眼睛，脑海中就浮现出母亲和钢笔的样子。倪小早从后面走来，将手搭在井深的肩上。他想搂着这个好朋友去上体育课，但井深站着不动。倪小早拍了拍井深的肩，轻叹了一口气。

"我妈病了，送去瓦巫镇治，她舍不得买药，给我买回了这支笔。"井深的声音里带着一丝哭腔，"我宁愿摔一跤，跌个头破血流，也不愿意丢这支笔啊，早。"

"站队了，先上课吧。"倪小早说。

不远处，体育老师嘴里含着哨子，边吹边朝井深和倪小早招手。属于他们的位置，已被空出来了。

"如果我知道是谁偷的，非宰了他不可。"井深极不情愿地朝前走，将"宰"字吐得坚定有力，像锋利的刀子。倪小早想起井深有次跟人打架，咬住对方的耳朵不放。

"要不要报告班主任？或许他有办法找到小偷。"小早说。

井深沉默不语。两人迎着体育老师愤怒的目光，朝已经站好的队伍跑去，站到了自己的位置上。这一节课，他们学第六套广播体操。井深神情恍惚。体育老师的口令在他听来，像梦境中的涟漪，荡一圈就消失了。体育老师朝井深吼了起来，他神经质地摇了摇头，仿佛头上正在经受着苍蝇的骚扰。他以此定了神，跟上节拍，发现丢笔这件事也像是梦境。他好几次伸手摸自己的兜，仿佛他的笔会乖乖躺在那里一样。

一个星期前，井深将那支"永生"牌钢笔带到了学校。井深在那个早晨将笔掏出来，轻咳了一声，顿觉教室里闪过了一道寒光，像是某部电视剧里的侠客拔出了宝剑。紧接着是无数道目光朝他射来。男生们围过来，纷纷将这支笔握在手里，在井深面前的白纸上写字。有人写：书山有路勤为径，学海无涯苦作舟；有人写：桃花潭水深千尺，不及汪伦送我情；还有人写，朋友是一生的财富……不管他们写下的是什么，用这笔写下的字，确实更好看。

有了这支笔，井深既开心又烦恼。那些赞扬笔好写的人，心里都在流着口水。他怕人惦记自己的笔，起初几天一直将它插在胸前的兜里，时不时摸一下。甚至在睡觉的时候，他也将笔压在枕头下面。但后来他发现，笔不离身并不安全，因为下课时总免不了要和同学们追逐打闹。于是，他将笔藏进了书里，而不是文具盒里。

"下课后，我们去报告班主任吧。"做操的时候，井深又听见倪小早在身后轻轻地说。

倪小早这话说得体贴，就像是他自己丢了东西一样，但井深还没有想好要不要这么做。最主要的原因是，他们已经搜过全班同学了，即使班主任出面，又能怎样呢？

"不能便宜了这个小偷。"这次倪小早说得更大声了，像是故意说给小偷听的，"不抓到小偷，班里的东西还会被偷。"

"不准说话！"体育老师在前面吼了起来，两人噤了声。

体育课快结束时，倪小早看见班主任红着脸从校外走进来，摇晃着回寝室。这家伙又喝酒了，他心想，要不要回去将这个情况告诉姐姐？倪小早的姐姐倪小虹十九岁，算不上漂亮，但是性格开朗。她喜欢笑，笑起来时像一只即将下蛋的母亲，嘿嘿嘿，嘿嘿嘿。她的笑声像牛铃，总是准确地暴露自己的行踪。

"弟娃，今晚学校放电影不？"她时不时地问倪小早。

她这么问时，倪小早就知道，姐姐想看的不是电影，而是他们班主任。很多事情，他明白，只是不知道咋办。姐姐和班主任，先后将鞋垫、信、磁带、百雀羚、鸡蛋等东西塞给他，也将两个人之间的秘密塞给了他。秘密越多，越让他害怕。这班主任在阿尼卡当了十年教师，至少有一半的工资在学校外面的那家小餐馆买了下酒菜。

这些居住在阿尼卡山区的人，对酒又爱又怕。或者说，先是怕、恨、讨厌，后来不知不觉也就喝上了，喝醉了，喝死了。倪小早和井深讨论过喝酒，因为井深的父亲也是酒鬼。某次父亲让井深去买酒，他好奇地拧开酒壶盖子喝了一口，呛得他直流泪。但是他想，既然大人们如此爱酒，这酒应该是好东西，他又喝了几口，然后就醉了。他在山坡上睡了一觉，醒来才发现酒少了，便拧开壶盖加了水。那天晚上，井深的父亲问，这酒哪里买的？井深心里一惊，支吾着说就是上次那家买的呀。哪知父亲却说，这酒真他妈好。

井深讲这个故事时哈哈大笑，但此刻，爱喝酒的父亲无疑成了他心里最大的负担。于是，体育老师刚宣布下课，他就迫不及待地拉上倪小早朝班主任的寝室走去。

"笔丢了？"班主任喷着酒气，脸上有几分幸灾乐祸，"你怎么不把裤子丢了？"

但话虽如此，他还是带着失主将那些正在收拾书包准备回家的学生拦了下来。丢笔的事情并没有过去。井深和倪小早回到自己的座位上。班主任瞪着全班同学看，眼镜后面那双高度近视的红眼睛努力睁着。他拿起讲桌上的粉笔，一转身，在黑板上写了一个大字：偷。

"小偷！"他高声说，"我们班里居然有小偷！"

坐在最后排的几个同学忍不住笑出了声。班主任感受到了挑衅，将眼镜取下来放在桌上，眼神迷离地望着那几个捣蛋鬼。很多时候，这些学生搞不清楚，眼镜对班主任来说到底有什么用。他走路的时候戴眼镜，但看书的时候又将眼镜取下来。那么，他的眼睛到底近不近视呢？

"站起来！"班主任对刚才笑出声的那几个同学发难了，"给我站到讲台上来。"

那三个学生收起了嬉皮笑脸，但并不露怯。他们站上讲台，面对着大家，一副无所谓的样子。

"转身！"班主任说，"看着我的眼睛。"

又有学生在台下偷笑，但班主任没看见。他的注意力在面前的那三个学生身上，他要用眼神审问他们。

"是不是你拿的笔？"他问其中一个，那学生摇了摇头。

"看着我的眼睛！"他高声说。

那学生的目光和班主任的目光相遇，没有一丝慌乱。两人对视了大约三秒钟，班主任的目光移开了。"你回座位上去吧，"他下了结论，"这笔不是你拿的。"

接下来的两个学生，也顺利通过了这种审视。

"只有眼睛不说谎,"班主任说,"你们排着队,一个个来和我对视。"

学生们开始排队,你推我挤的,想早点离开学校。只有井深和倪小早坐着,他们看着这游戏一样的审视毫无效果,同学们一个个走出了教室。

"你!站起来!"当教室里只剩下三个人时,班主任对倪小早说。倪小早看了看井深,井深面无表情。

"我们是好朋友。"倪小早说。

"少废话,上台来,看着我的眼睛。"

倪小早上了台,对视时嘴角掠过一丝笑。他看到班主任的眼睛布满了血丝,他想这不仅仅是喝酒的原因,还有可能是熬夜打麻将所致。他到底要不要将这些告诉姐姐?

"是不是你拿的?"班主任放低了声音,"这里只有我们三个人了,你老实说。"

"我们是好朋友。"倪小早看了看台下的井深。井深此刻正趴在桌上,一副无精打采的样子。

"你就直接告诉我是不是你拿的?"

"不是。"

"看着我,你的眼神在躲闪。"

"我没有。"

"你没有什么?"

"没有躲,也没有拿。"

那班主任将倪小早全身上下打量了一遍,说:"你走吧。"

倪小早如获大赦地放松下来，刚朝前走了两步，又被叫住了。

"你要记住，不能做亏心事。"

"我没有。"倪小早又重申了一遍，"我们是好朋友。"

"那就好。"

倪小早走下讲台，开始收拾自己的书包。此时的校园已经安静下来，太阳将操场划分成了阴阳两块。井深也在收拾书包，他家和倪小早家相隔不远，上学放学同路走。

"回去吧，"班主任转身擦掉黑板上的字，看着眼前的学生说，"一支笔值不了几个钱，但是，谁偷了它，谁这一生就要完蛋。古话说得好，小时候偷针，长大后偷金。"

班主任说完古话，打着酒嗝走了。放学后的学校里空荡荡的，井深和倪小早的脚步被寂静放大，泛着回声；他们长长的影子像两把扫帚，慢腾腾地扫过操场。出了校门，便是下坡。往常，他们准是撒着欢儿一口气跑到山脚，过了河，再慢慢爬坡。但是今天，疲惫提前降临，两人走得垂头丧气。沉默像两块不规则的石头，揣在他们的心里，硌得慌。

倪小早见井深耷拉着脑袋，就也低下了头。低下头，就有泪水充盈在了眼眶里。一只小鸟站在路边的树上鸣叫，倪小早突然掏出兜里的弹弓，朝它射去。小鸟应声而落。他将小鸟捧在手里，它的胸部还有余温。

"井深，给你，"倪小早终于找到了话题，"这个烧了好吃。"

"我不要，"井深说，"我妈不准我吃这些东西，也不准我打鸟，觉得它们可怜，是一条命。"

"噢，"倪小早想了想，好像确实从来没有见过井深玩弹弓。

在这一点上，倪小早跟井深完全不一样。他的父亲是猎人，靠着一杆枪抵御着疯狗一样撕咬着他们的贫穷。麂子、獐子、野猪、野鸡、斑鸠，打到大的拿去瓦巫镇卖钱，小的就自己吃了。他的父亲脾气暴躁，倪小早俱如雷电。倪小早成绩不好，但父亲对他的期望却很高，所以，挨揍是家常便饭。他和父亲的关系像猫和老鼠，永远处于一种逃跑和追赶之中。越跑越追，越追越跑，一旦捉住，一顿暴打。

而说到挨打，眼下最担心的当然是井深了。他走在放学路上时，眼前已经无数次浮现出父亲的样子。那种明知道有一场暴风骤雨等着，还要硬着头皮前进的感觉，让这个少年变得像个面人儿。他和好朋友倪小早软塌塌地走在山路上，希望这路永远没有尽头。那些该死的鸟儿在树上叽叽喳喳地叫着，像是在挑衅他们。倪小早又掏出了弹弓，朝鸟儿瞄准。井深丢下他，朝前走了。倪小早打到了第二只鸟。

"井深，你有火柴吗？"他追上去问。

"我妈不让我玩火。"井深说。

"那你等我一下。"倪小早跑开了。他跑向了路边的人家，好不容易借来了火。井深走得更远了。倪小早手里拿着火柴盒追上去，井深也没有停，仍在慢腾腾地走着。

"井深，我们把鸟烧了吃了再走。"倪小早提议。

井深停下脚步，看了一眼倪小早，又继续朝前走。"我妈不让我吃鸟。"他说。

"我们在路上吃了，擦干净嘴，她咋会知道？"倪小早说，"即使回去要被打死，也要先吃点东西吧？"

倪小早这么一说，井深动心了。他站住，看到好朋友的手里拿着两只小鸟，羽毛被风吹动，像是它们又活过来了一样。

"喏，你看，"小早从另一个兜里掏出一个小纸包，"盐我都找来了。我们去河边给它开肠剖肚，也许还能抓到一条鱼呢。"

他们真的在河里抓到了一条鱼。严格说，是井深抓到的。他用一只废弃的簸箕在水里截住了一条正想顺流而下的鱼。虽然它只有拇指那么大，但他俩都知道，这有多不易。有好几次，他们在这条小河里发现了鱼，一直追赶到天黑，也没有将它逮住。

他们在河滩上生起了火，将小鸟和鱼串起来翻着烤。很快，香味就弥漫开来，借着风势争先恐后地直往他们的鼻子里钻。下午的村庄很安静，秧苗刚插上，露出稀稀疏疏的绿意。两人的喉咙里口水咕噜响。倪小早真想一口一只将它们全吃了。他一边给烤熟的鸟肉抹盐，一边想象独吞这鸟和鱼。现在，它们滋滋冒着油，薄薄的皮越来越脆。如果此刻一口咬下去，那香味一定会像一个小炸弹般的在嘴里炸开。倪小早吸了口气，馋涎在嘴里发出哨音。他突然一个激灵，强行停止了想象。

"给你吃。"他将鸟肉递给井深。

井深从另一种沉默的幻想里回过神来，摇了摇头。

"一起吃吧。"他说。

倪小早将鸟肉凑在鼻前闻了闻，又递到井深的鼻子前。

"香，"井深说，"真香。"

"简直是香死了，"倪小早笑着说，"你不吃我可要吃了。"

他说着，扯下了鸟儿的一条细腿，连爪子一起放在嘴里嚼了起来。那是整只鸟身上最没肉的一段，但尽管这样，他还是嚼出了山珍海味的香来。

"剩下的给你了。"倪小早说。

"我们分了吃，"井深说，"一人一半，都尝点。"

"我喜欢吃骨头，"倪小早说，"骨头更香，更有嚼劲。"

说话的当儿，倪小早已经嚼掉了小鸟的两只细腿，连骨头都没有吐出来。

"我今天在家里吃的是鸡肉。"倪小早又说，"老鹰来叼鸡，我爸从鹰嘴里抢下的。"

井深犹豫着将鸟肉接了过来。他先吃鸟头，那小小的硬东西其实没肉，他用舌头感知到了鸟的头骨和眼睛——骨头很脆，眼珠没味。他也感知到了倪小早的眼睛——正盯着他的嘴。

接下来吃鸟脖子，差不多跟铅笔一样粗细。井深将鸟脖子咽进肚里时，他看到倪小早咽了一下口水。

"胸前肉给你吃。"井深说。

"如果你不喜欢，把骨头留给我吧。"倪小早说着，继续翻烤着那条小鱼。此时鱼也熟了，散发出另外一种香味。

可是，井深吃着吃着却突然停下了。他哽咽着，不再下咽。

"不知道我妈知道我把笔丢了，会怎么样，"他说，"我不怕她打我，怕她伤心，她太可怜了。"

"谁都可怜，"倪小早将已经烤黄的小鱼翻了个面，说，"我们周围这些人，我爸、我妈、你爸、你妈、我、你，都可怜。"

"我妈生了重病，不知道还能活多久。"井深的眼泪掉下来。倪小早的鼻腔里发出沉重的呼吸声。

"你不要这样，井深，"倪小早说，"等我们长大了，赚多多的钱，让他们过好日子。"

"就怕她等不到那天了。"井深仍在抽泣，但声音小了一点。

河滩上的火已经熄灭了，只有木炭还燃着。那条小鱼烤过头了，像截燃烧后的木棍。

"趁热吃，"倪小早说，"这条鱼也给你吃了，我不吃鱼的，太腥了。"

井深一口咬下小鸟的胸脯，那香味似乎弥补了他心里的悲伤。他大嚼起来，风中飘着细腻的香味。倪小早站起身，走到更远处的河滩上撒了一泡尿。待他回来时，那只小鸟只剩几片骨头了。

吃鱼的时候，井深坚决要分一半给倪小早。他说如果倪小早不吃，他就将鱼扔进河里。那就一人一半吧。可那鱼真的太小，只够在嘴里用舌头卷三下，就被口水裹挟着咽下肚里了。

"你闻闻我的嘴里，有没有鱼味？"倪小早笑着将嘴凑到井深面前，想逗乐他，但井深却丝毫不觉得这事有趣。他从地上拿起书包，又翻找了一遍，心事重重地说："走吧。"

天空像口明净的锅，紧扣着阿尼卡这片土地。太阳像是这锅上的一块疤痕，慢慢朝着山那边移。两人再次上路，速度比刚才快了一些。倪小早回头看一眼河滩，他们先前燃起的火已经化成一堆黑炭。

"井深，你还记得那次涨水吗？"倪小早问。

"记得啊，"井深说，"一辈子都不会忘记。"

他们说的是几年前的一个夏天。河水暴涨，冲走了木桥。浑浊的河水卷起枯枝败叶和一只破胶鞋，奔向远方。河的下游是个水库，库里的水养育着金沙江岸的好几万人。

像他们这样生活在山区的孩子，似乎从来就无所畏惧。那天两人看到暴涨的河水，不约而同地挽起裤腿。倪小早用手里的木棒试探深浅，发现水差不多已经齐腰深了。

"我先下。"高个子的井深挽起裤腿和衣袖，将书包举到头顶，小心翼翼地下了水。

"怎样？"倪小早站在岸上问。

"像有个大力士在推我。"井深轻松地说，慢慢朝河对岸移动。

倪小早正想下水，他突然听到井深惊叫一声，同时身子与水面的角度突然缩小了。他意识到井深正在倒下，扑通一声跳进水里，朝井深伸出了木棒。

严格地说，是那根木棒救了他俩。两个少年在湍急的河水中，紧紧抓住木棒的两端，相互拉扯，鼓励，重回了岸上。书包湿透了，两人将书本放在青草上翻晒，直到太阳落山才惊魂未定地回家。两人都免不了被父亲揍一顿。

井深不明白为什么倪小早突然要提起那个涨水天。现在，他的脑海里只有那支丢失的笔。

"小早，你说我们班谁像小偷？"井深说，"我们一起来想想。"倪小早停在路中央，看着好朋友，突然笑了起来。

"我像小偷呀，"他说，"你看，我都把'贼'字写在脑门上了。"

他想以此说明井深的想法是荒唐的，但井深却是一脸认真的样子。

"真的，"他说，"你知道谁偷过东西吗？"

"我只知道你偷过人家的桃子，"倪小早笑了笑，"我偷过人家的红薯干。"

"我说的不是吃的东西，是学习用具。"井深说。

"那我就不知道了。"

井深失望了。他随地一坐，身子朝后一仰，躺在了地上。

他透过指缝看到了太阳，阳光刺得他直想流泪。倪小早坐在他身边，出神地望着远方。远方其实也不远，没超出阿尼卡的地盘。

"我知道怎么办了，"井深一骨碌爬起来，"走，小早，我们去水田边。"

"干吗？"倪小早说，"我觉得你应该早点回家，不然，你会被打得更惨的。"

他说的是事实，他们也没少因为放学后在路上贪玩而挨揍。但是，眼下井深却不管这些，背着书包就朝水田边走去。倪小早只好跟着他。他们走上田埂，不时有青蛙被惊扰后，射进水里。秧苗刚插上不久，虫子们还没来得及进驻。

"你想抓青蛙？"倪小早问。

但他的好朋友没有回答他，而是蹲下身去，抠起了一坨稀泥。倪小早忍不住急了。

"不要玩泥巴了，"他说，"赶紧回吧，不然我也要挨揍了。"

"我才不玩泥巴呢。"井深说着，将稀泥拿在手里，边走边捏，捏着捏着，就捏出了人形。他将泥人捧在手心，让倪小早看。"怎样？"他说，"像吗？"

"像谁？""像小偷。"

"你咋知道小偷长啥样？"

"就是我捏出来的样子，"井深说，"你知道寡妇王二嬢的本领吗？"

231

王二孃是远近闻名的神婆，原本以刁泼闻名，突然有天开始说凡人听不懂的话，于是更加有名了。据她自己说，她是人和鬼神之间的传话人。除此之外，她还帮人招魂、送鬼、寻物，也暗中帮人行诅咒之事。

"王二孃本领高强呢，"倪小早说，"难道你想请她帮你找笔？""不，"井深说，"我要诅咒那个小偷。"

他顺手从路边摘下木刺，朝着泥人的心脏刺了进去。"谁偷了我的笔，就这样。"他说。

"被刺戳心吗？"倪小早笑着问。

"这刺是刀，一刀捅死。"井深说。

然后，井深手里的刺扎进了泥人的眼部，从后脑勺处穿了出来。如此，他还不解恨，最后直接将泥人的手和脚掰了，扔向远方。倪小早沉默地看着。

"小偷就是这个下场。"井深说。

"王二孃咒人时，是要点香烛和烧纸的，你这个肯定不灵。"倪小早说。

"那是诅咒大人，那些偷牛偷马的，对于这些偷笔的学生，不用浪费香和纸。"

井深重新上路时，他似乎显得轻松了一些。书包拍打着屁股，发出吧嗒声。但就是这声音，又让他想到了父亲的棍棒。

"小早，你能不能帮我一个忙？"井深突然停下来，转身看着倪小早。

"把你的笔借给我，"井深说，"如果他们问起我的笔，我就说在你那里，跟你换着用。"

"啊？"倪小早叫了一声。

"我们还是不是好朋友？"

"当然。但是，把笔给了你，我拿什么做作业？"

"我现在的麻烦比你的作业更重要啊，"井深绝望地吼叫起来，但转瞬又变成了哀求，"小早，我挨打不要紧，但我妈生着病啊，会被气得更严重的。"

倪小早沉默了。他的脸上掠过一丝不安，目光不由自主地转向了远方。

"井深，不是我不想帮你，"倪小早犹豫了一下，低声说，"其实，我的笔也丢了。"

"你骗人！"井深急了，想要伸手来抓住倪小早，怕他跑了。

倪小早倒也没跑，他直愣愣地站着，打消了井深的顾虑。为了证明自己没有说谎，他将书本一一拿出来，摊在地上，又摇了摇文具盒，打开，里面除了一把尺子、一支铅笔和一把小刀，没有别的东西。

"你的笔真的丢了？"井深问。

"骗你是狗养的。"

倪小早边说边将书本收进书包。他看到井深绝望地坐在地上，哭丧着脸，便也坐了下来。地面泛着潮气，像一根根冰冷的针，刺向两人的臀部。倪小早的身子哆嗦了一下，天边的太阳也跟着抖了一下，加快了下坠的速度。

"走吧，我回家晚了会挨揍的。"倪小早站起身，伸手去拉井深。井深甩开了他的手。

"你的笔丢了，怎么没听你说？"井深问。

"丢都丢了，说了有屁用。"倪小早站起来，拍了拍沾在屁股上的松针，做出想走的样子。

"啥时候丢的？"井深又问。

"昨天，"似乎怕好朋友不信，倪小早挽起裤脚，露出青紫的小腿，"看到了没？"

不用说，那是丢笔的代价。在阿尼卡这样的地方，在20世纪90年代，别说是丢了钢笔，就是丢了一根绣花针也是一种损失。所以，孩子们很多时候挨揍并不是因为学习，而是因为丢东西。但父亲们往往会边揍孩子边说，丢东西事小，挨打是因为粗心大意。

"如果不是家里突然来客人，我估计会被揍得更惨。"倪小早说，"但是，这学期他们不会再给我买笔了。"

"挨揍，疼的是我们。但是，我妈的性格是只会生闷气，这比她揍我还要可怕。"

"她得了什么病？"倪小早又蹲下身来，陪着井深。

"她之前一直说胃疼，疼了好多年，最近送去瓦巫镇，医生建议去县城检查，于是她连药也不买，给我买了一支笔就回来了。"说起这事，井深又哽咽起来。

倪小早沉默着，他听到自己耳畔有东西在鸣叫，像一只遥远的知了。

"我不是怕揍,是怕气到我妈,"井深突然哭着吼起来,"昨晚我偷听到他们说,我妈的病可能是癌症。癌症,你懂吗?就是快要死了。小早,我就快没妈了。"

井深终于忍不住,张了张嘴,像堤坝开了闸,哭起来。似乎他的身体里,藏有一个三段式充气的泵,不断地为他提供气息。但眼泪却是有限的,哭着哭着就干了。倪小早束手无策,只能一遍遍重复,别哭了,别哭了。太阳落山,黑夜将至,他们还有很长的一段山路要走。

"井深!"倪小早忍无可忍,一声暴喝。几只鸟儿从树林里扑腾飞去,两只追逐中的松鼠在树枝上停下,看了看他们,似乎感觉到事情不妙,相约而逃。

"一支笔而已,他妈的。"倪小早的情绪突然激动起来,连骂了几句脏话,也不知他骂谁。

井深果然安静了下来。眼角睫毛上残留的泪水像雨后的露珠,这让他看见的倪小早显得有点模糊。模糊的倪小早跺着脚,嘴里仍然在骂。

"笔能比人更重要吗?他妈的。"这骂声中渐渐带了哭腔。"小早。"井深叫了一声。

"我们到底是不是好朋友?"倪小早问。"当然是,永远。"

"永远……"倪小早莫名其妙地笑了笑。

"小早,你有办法了?"井深从地上爬起来,这绝望中的希望像是穿破乌云的光线。

"我陪你回家吧，"倪小早说，"虽然这样明天晚上我会被打惨，但是，至少你今晚不会挨揍。"

"但是明晚我们都会挨揍。"井深摇了摇头，"这个办法不行。"

倪小早也知道这个不难意料的结果，但是，除此之外，他似乎没有别的办法了。为了友谊或者一些别的东西，他确实愿意陪井深回家，用自己作为孩子的薄面去缓解他父亲的愤怒和母亲的悲伤，但这真的只是一时之计。毕竟，总有一根木棒在他们的父亲手上。

"你再帮我想想别的办法，"井深的语气近乎哀求了，"我现在脑子里一团糨糊，头疼，像要裂开了。"

"那就让它裂开吧。"倪小早说，"裂开了，一支笔就算不得啥了。"

"你啥意思？"井深确实感觉自己的脑袋沉重，像个草墩似的。

"装病啊，"倪小早笑了起来，"对，就这么干吧。没有比这更好的办法了。"

"你这么说，我的头真的更疼了。"

"那就再简单不过了。"倪小早一脸的得意和神秘。

没有人能够理解倪小早内心的喜悦，即使是井深也不能。他沿着这个思路想下去，顿觉柳暗花明。

"你这样，"他说，双手挤压着太阳穴，装出龇牙咧嘴的疼，身子摇晃起来，随时都有可能倒下去。

"这不是开玩笑，"他一本正经地说，"你家里已经有一个病人，你要是再莫名其妙地头疼，谁还有心思过问你的笔？"

"你这样说，好像真的是个办法，"井深说，"我妈最疼我了，如果知道我头疼，说不定还要给我煮个鸡蛋呢。"

井深表演了一遍头疼，倪小早在一边校正着动作和表情。太夸张了，再疼一点，腿要发软，嘴里要有声……可以了，就这样，再来一遍，很好。

也确实是没有办法了。不远处的树上，群鸟齐声歌唱即将到来的夜晚。井深决定从现在开始头疼。这是他们的分岔口，接下来的路，他得一个人走。现在，他已经完全掌握了头疼表演，声音、动作、力度，恰到好处。他双手护住太阳穴，像是小心翼翼地捧住一个易碎的罐子。他走过好朋友倪小早的身边，几乎是下意识地笑了笑。暮光低垂，前路像一道撕裂的伤口，或者一张幽深的嘴。他就这样摇晃着，朝前走。他知道，他的好朋友在目送他。

"井深，你走慢点，别真的摔倒了。"这声音穿过树林传来，井深回应了一声。

倪小早从声音判断出井深的距离——走远了。他后退一步，弯下腰，脱下右边鞋子，抖了抖，又穿上。由于天快黑了，看不太清楚。夜如潮水包围过来，再不奔跑就看不见路了。

走壁记 |

　　我告诉你啊，夏天的阿尼卡，所有活着的东西都在拼命表现自己。路边的野草，冬天时枯得一把火就能点着，春天时奄奄一息，到了夏天，突然窜出来拦住了路。那些蛇啊、蝉啊、蜻蜓、蝴蝶以及蚂蚱，冬天时我以为它们灭迹了，可是到了夏天，它们全都出现在我的眼前。

　　我外出玩耍时，父母总是反复交代，小心脚下的路。我经常被绊倒，有时是横在路上的木棍，有时是张牙舞爪的野草，有时是我的左腿绊了右腿。每次摔倒，我都大哭，不管身上疼不疼。不光如此，我还胆小如鼠，我害怕阿尼卡所有的活物，家畜家禽、飞禽走兽，甚至虫蚁蜘蛛，我无一不绕道而行。

　　我八岁了。有天我站在母亲的穿衣柜前，看见镜子里有个鼻脓口水的小孩，面黄肌瘦，神情木讷。那时父母下地干活去了。房屋周围的玉米秆正在烈日下噌噌长，这绿色的波涛中心，热得要命。母猪惬意地躺在院里的泥泞里，闭着眼睛直哼哼，它太热了。它的七只猪仔相互作枕，睡在不远处的角落里。我也太热了，像小狗一样地伸出舌头。我走到院门外，玉米叶子在风中沙沙声，像在下一场雨。我抬起头，看见香椿树的树冠猛烈摇晃。那里的风，一定比玉米林里更大。我需要一阵凉风。

地埂边的香椿树不知年岁，有小盆那么粗，比房子还要高。我走进玉米林中，走到树下，双手抱住树干，手脚并用，使劲，向上爬去。我的手脚变成了两副爪子，我的双胯间仿佛产生了某种吸力。爬着爬着，我的头从玉米林里露出来；爬着爬着，就有凉风了。爬到一半的时候，我用双胯和双脚夹住树干，腾出双手脱掉了身上的衣服。我凉快得大喊大叫。但更大的风还在树梢等着我。我在靠近树梢的枝丫上坐下，那里既安全又舒服。凉风更劲了，树梢晃动起来。我将一根树丫当成椅子，另一根树丫当成扶手。当风停下，我摇动树丫，把它当成了一匹马。

我从来没爬过这么高，从来没有在空中看过阿尼卡。我看到方小农家的牛跑进了他的地里偷吃玉米，而他在山上睡着了。我还看到陈揪揪家的母狗不知从哪里裹来了一只黑狗，它们屁股对着屁股，扯不脱。更远的地方，一片片玉米林黑澄澄。至于那满地的白色或紫色，是土豆花。

有一阵子，我站起身，一手扶着树丫，一手挥动起来。哎——我向周围发出呼唤——我在这里。方小农从梦中醒来，抱起石头砸向他家的牛。陈揪揪家的母狗早已没了踪影。我还看见了我的父母，他们正从玉米地边的路上走来，估计是天气太热了，打算回家休息一下。他们在我的声音中四处寻找，最后终于看见了我。父亲朝我笑了笑，说，快下来，我这里有糖。我说，没有糖，箱子、柜子我都翻过了。父亲拍了拍衣兜说，我刚买的。我从树上滑了下来，向父亲走去。当我走到他面前，他突然伸出那只铁钳样的大手抓住了我的胳膊。我意识到情况不妙，但已经跑不掉了。

那是我记忆中的第一次挨打，用的是细竹棍。他左手抓住我，右手开打，我像一只会叫的陀螺在他面前转了起来。我的母亲在一旁哭着说，打得好，你学啥不好，偏偏要学爬树。我哭着说我没学，我只是走到树下，突然想爬树，于是就爬上去了。我说的是实话。爬树需要学吗？我至今仍然怀疑这个问题。八岁那年的细竹棍，每抽一下，我的身上就爬出来一条蚯蚓。众多的蚯蚓连成片，我的屁股像两片烙熟的紫薯饼，双腿像两截快要腐烂的藕。

"你永远要记住今天，"父亲打累了，气喘吁吁地扔下竹棍，"今后再敢爬树，你受的就不是皮肉之苦了。"我赶紧点头，已经哭得没有了眼泪。

然后，父亲陷入长久的沉默。他不说话的时候，目光呆呆地望着门外。母亲一遍遍轻抚我的伤口，一言不发。

这么多年过去，我不光记住了那天的竹棍，也记住了父母的沉默。那时我当然不知道，为什么我父母见着阿尼卡人总是低眉顺眼。我还在母腹的时候，我们从另一个地方迁来，承包土地，暂住在别人的老宅子里。说暂住，是因为阿尼卡的地方组织并没有正式接收我们。他们说我们来路不明，连一张迁移证明也没有。那几年，他们一直靠给阿尼卡人免费干活才没有被赶走。

如今算来，父亲那时只有三十岁，母亲二十八岁。但是，他们在我的记忆里，就是父母该有的样子，苍老、沉默、不苟言笑。父亲左手的食指、中指、无名指，和小拇指一样长，却是没有指甲，是几截短粗的肉棒。我问他为什么他的手指和我们不一样，他给了我脑袋上一巴掌。

我是个不长记性的人，从小便是。爬上椿树那天晚上，我又梦见自己爬树了。我不认识梦里那棵树。它生长在一座乱石林立的高冈上。和白天一样，我轻易就爬了上去。群山下沉，我在上升，更多的山梁在眼前褶子一样地铺开。蓝莹莹的天空，星星像宝石，向上升起，我有一种一头栽进大海的感觉。阿尼卡也在下沉，那些房子就像沉睡的甲壳虫。我张开喉咙叫喊。我想告诉我父母，我要走了。虽然我父亲白天打了我一顿，但我觉得还是应该告诉他，别再四处寻找。我叫喊着醒了过来。

"你咋了？"我父亲厉声问。

我没敢出声。此刻，装睡是最好的办法。他问了两声就没再问了。我醒着，听见另一张床上传来窸窣和喘息之声。过了一会儿，打火机吧嗒响了两声，旱烟味弥漫开来。

"这娃，唉。"父亲长叹了一声。

"是不是跟你小时候一样？"母亲问。

"从明天开始，盯紧他。"父亲说，"过段时间去学校问问，他该上学了。"

我轻轻侧身，睁眼，透过窗缝看见了一丝月光。此时的村庄，应该如梦中那样，笼罩在了月亮的清晖中。父亲抽完烟，在床沿磕了几下烟锅，翻身睡了过去。我想重回那个梦中，但接下来的梦境却是一个雪天，我刚掏出小鸡鸡想撒尿，一条大黄狗朝我扑来，我跑啊跑，终于甩掉了黄狗。我又尿床了。

那个夏天，父母果然加紧了对我的看管。我成了他们的影子。他们下地干活，我就在地里捉蚂蚱、挖蚯蚓；他们上山砍柴，我就捡蘑菇。只有跟他们去帮当地人干活，我才有机会和其他小孩玩耍。

我和母亲去帮苏家薅草，认识了苏三娜。那时她站在家门口，头上扎着一长条白色薄膜，从双颊旁垂下来。她身上还有另外两片更宽大的薄膜，一件是披风，一件是裙子。她拿木剑的右手扬起，左手指向院子里。院子里，她的父亲正在磨一把生锈的镰刀，母亲在扫地。他们可能也觉得苏三娜的样子实在怪异得不成体统，尴尬地说："别管她，她正在扮吕四娘呢。"

我不知道吕四娘是谁，但觉得她的样子很好玩。于是，我也很快到地边找了几片废弃的薄膜，学着她的样子打扮起来。唯一的遗憾是，我没有木剑，只能捡一根木棍替代。我们一左一右地站着，直到吃饭时间。但是，苏三娜还没走。她之所以这样，是因为她父亲答应和她比武，当她准备好后，她父亲又后悔了，说自己忙得很，让她一边玩去。

苏三娜生气了。她像尊泥塑站在门口，但她的父母和两个姐姐已经习以为常。他们谈着眼下的天气，说再不下雨，玉米就快干死了。又说昨夜雷声不断，把雨赶跑了。还说前两天镇上来了一队公安，在阿尼卡的地里找罂粟。他们说的这些，我没兴趣。我的注意力在桌上的腊肉和鸡蛋上。母亲一次次看我，但我装不明白她的意思，只管吃了个肚儿圆。

我们吃完饭，苏三娜还站在那里。大人们扛着锄头，背着水壶准备下地。母亲让我跟着她，但苏三娜的母亲说，我可以留在家里和苏三娜玩。

"你还记得前几天为啥子挨打不？"母亲问。

"记得。"我说。

她瞪着我，直到确信我已经长了记性。但我哪有记性呢？待他们一走，我又迅速换上了刚才的装束。为了让自己看起来没那么差劲，我去苏三娜家的院子里找了一把斧头代替木棍。苏三娜哈哈大笑。

"你看起来像个砍柴的，"她说，"如果你把钉耙扛在肩上，就像猪八戒了。"

我说我知道猪八戒，但我不是他，我是孙悟空。她对我的话没有兴趣。

"你为啥子挨打？"她问。

"我爬树呢，"我说，"你会爬树吗？你家有树吗？"

她告诉我，她家的梨树在房子背后，但她不和我去爬树。

"我要一直站在这里，站到我爸答应我为止。"她说。

"那我咋办？"我问她，"难道就这样看着你？"

苏三娜没搭理我，继续盯着院子里，仿佛有一群敌人正朝她冲过来。

"你想不想吃饭？"我问，"或者我去给你端碗水？"她让我滚一边去。"爬你的树去吧。"她说。

我真的找到了那棵梨树，它又粗又矮，浑身缀满了绿色的梨。爬这样的树，对我来说，一点儿挑战也没有。我摘一个梨尝尝，又酸又涩。我放弃了。

"你家没有更难爬的东西？"我问苏三娜，"有那种又高又直的树吗？"

"那你去爬电线杆吧。"她说，"但是要小心电线，我爸说，人碰到电线就化成灰了。"

水泥电杆就在她家门口，金属横担上站立着两个白色的瓷瓶。她问我，那两个瓷瓶像是两只鸟？我说，不像鸟，像两个小孩。说话之间，我朝水泥电杆走去，听到头顶传来呜呜声。

"啥子在响？"我问。

"那是电在叫，"她说，"你离它远点，被电拉住就扯不脱了。"

我抱着电线杆试了一下手感，很滑。这让我一下子来了兴趣。苏三娜背对着我，仍然保持着先前的姿势。我让她回头看我，她说不，她用耳朵听着就行了。呸呸，我吐了两泡唾沫在手心里，搓了几下，抱着电杆往上爬。可是，它真比椿树难爬多了，我爬上去一段，又滑下来一段，爬啊，滑啊，满头大汗，我终于爬到了横担下。电流发出鸣鸣声，比在树丫上恐怖。我问苏三娜横担能不能抓，她说如果我想死可以抓了试试。这里没有树梢上惬意，既无风景可看，又没抓没靠，我只好从电线杆上滑了下来。

"我还是想爬树，"我说，"你带我去找棵最高的树爬。"

"我说过了，我不去，"苏三娜说，"如果你实在闲不住，那就去爬墙吧。"

爬墙？我一下子又来了兴趣。爬墙的难度一点儿不比爬树小。苏三娜家的土墙壁建造已久，泥土被风吹雨淋后，全酥了，用手一抠就往下掉。墙壁中间开着一条指缝那么宽的缝，能隐隐看见里面透出了光。墙壁最高处的一个洞里，是个鸟窝，我亲眼看见一只鸟衔着虫子飞进去。

"咋个爬？"我问。

"我咋晓得你？"苏三娜说，"你不是很厉害吗？"

被她这么一刺激，我的小脑袋果然开动起来了。我开始四下寻找可以助我爬墙的东西。可惜我不是壁虎，我想。或许正是这样的想法，让我长大后成了一个地下发明家。

墙壁上无抓无拿，我就自己制造可抓的东西。我拿起扔在一旁的砍刀，开始削木楔子。楔子要削一头尖，比墙缝宽一点。钉楔子时，既不能太深（拔不出来），也不能太浅（承受不住我）。我一次次尝试，累得满头是汗。而苏三娜依然保持着先前的姿势。

"搭把手啊，"我说，"帮我把楔子递上来。"

苏三娜没理我。我只得自己动手，慢慢搭建抵达高处的楔子梯。每向上钉一个楔子，就离鸟窝更近了一步。关于向上爬，我有了新的想法。如果手脚有抓拿，我可以一直爬，爬到天上。如果是墙壁这样的立面呢，那就只能制造手脚的支撑点。

我朝鸟窝里伸手，最先抓到的是鸟妈妈。一只灰色的谷雀。

我在墙壁上敲打了半天，如果它没聋，它早就该飞走了。它被我紧紧抓住，惨叫着，瑟瑟发抖。这一次，连苏三娜也忍不住回头看了我一眼。我的另一只手伸进去时，碰到了肉嘟嘟热乎乎的小东西，那是几只尚未长毛的雏鸟。我将它们抓在手里，但想想又放了回去。接着我把它们的母亲也放了回去。然后，我每下一个楔子梯，就拆除上一个，直到回到地面。鸟窝里发出唧唧声，它们一定被我吓坏了。

"千万别对我妈说。"

"我从来不出卖别人。"她说，"但是，你现在离我远一点。"

"干吗？"

"我要撒尿。"她红着脸说。

我愣了一下，转身朝玉米林深处走去。在几株玉米和黄豆之间，我发现了一片长着蓝色花朵的植物。这是个重要的发现，但我当时并没有意识到。

那个下午，我坐在门槛上陪苏三娜说话。她站累了，就换一个姿势，但始终不吃不喝。她说起学校的事，她的语文老师会拉手风琴，她的同学王猫猫患有夜游症，她在放学的路上遇见过一条蛇，它正在吞一只小鸟。我呢，之前一直被父母丢在一边，自己玩。所以，我只能跟她讲我如何骑猪满院跑，如何训练两只公鸡打架，如何将所有能抓到的虫子放进同一个玻璃缸里，看它们相互残杀。

"谁最厉害？"她问我。

"蜈蚣，那种黑色身子黄色脚的，被它咬一口，小命就没了。"

黄昏的时候，大人们满身疲惫地从地里回来。看到苏三娜还站在门口，她的父母和姐姐们毫不吃惊。

"来吧，我们来比武。"她父亲说，"你是吕四娘，我是白泰官。"

听了这话，苏三娜突然瘫在地上，大哭。她抱着双腿直喊，不比了，我的腿一点感觉也没有了。大人们笑得排山倒海。

此后一直到夏天结束，我都没有再见过苏三娜。好多次我想去找她，但都没有机会。我寸步不离地跟着父母，已经把附近的山林和土地都走遍。一旦遇到树和墙，我内心那种想爬的冲动就难以抑制。但我一次也没有如愿。

"我想去上学了。"有天我对父母说。

　　他们对我主动要求上学，喜出望外。父亲在一个早晨提了一只公鸡出门，中午回来时脸涨红得像只公鸡。"成了，"他对母亲说，"校长答应收下他了。"

　　就这样，我成了一名小学生。每天走七公里去上学，沿途要经过树林、小河和村庄。路边的那些树，只要我想爬，就能轻松爬上去。起初，同学们视我为神人；可很快，当我像只猴子敏捷地爬上某棵树，他们便不再围观了。这让我很尴尬，妈的，我必须让他们看看我的厉害。

　　"从现在开始，我专爬小树。"我对苏三娜说。

　　她早已对我的爬树本领没了兴趣，冷哼了一声说，你这不是欺负小树吗？我告诉她，爬小树的重点不是爬高，而是看我能在多细的树枝上行走。

　　我承认，我喜欢惊险刺激。挑战细树枝比爬高要危险得多。一天之内，我先后踩断了十三根树枝，摔了满身伤。这一下，小伙伴们又围过来了。他们看着我走钢丝般的踩在树枝上，或大张着嘴，或嘴里模拟树枝断裂的声音。当我从树枝上掉下来，他们全笑了。

　　"你爬棵小树看看。"他们说。

　　于是我就去爬他们指定的树。不光爬，还和他们打赌。我乐意这样的赌，赢了，能吃到他们随身带着的食物，输了也惊心动魄。父母问起我身上的瘀青，我就说走路摔的。那段时间，他们根本没时间管我，因为不能令阿尼卡人百分百满意，有人想联合起来赶我们走了。

"我觉得你有点傻，"有天苏三娜说，"整天爬来爬去，像只壁虎一样。你没有理想吗？"

"啥是理想？"我问。

"你长大了想干什么？"苏三娜说。

"我就是想爬，爬树，爬墙，爬所有能爬的东西。"我说，"如果哪天不爬高，我就浑身难受。"

说话之间，我真觉得自己肚皮痒，想要找棵树蹭一下。当我快速爬上了一棵树，再回头，苏三娜走远了。从此，她像躲怪物一样地和我保持着距离。我叫她，她装没听见；我给她东西，她装没看见。我第一次感到了真正的痛苦。我说的，并不是她不理我这件事，而是我为了她而不再爬树。

"你爬个树给我们看看。"男生们说。

"不爬，"我说，"我又不是猴子，看猴子表演还要给钱呢。"

但是，我真的太难过了。坐在教室里，仿佛凳子上长满了刺。我尝试过用跑步、打架、唱歌等方法分散注意力，但眼前总浮现出一棵棵树、一面面墙壁。特别是看见苏三娜时，更像是鸦片烟瘾犯时看见了烟枪。我像一头烦躁的小公牛，磨角擦痒，始终找不到发泄之处。我盼着早一点放学，却又害怕被人围着要看我爬树。

我一个人走在放学路上。我那副东瞄瞄西望望、走走停停的样子，看起来很像一个小偷。路过一个村庄，我在一面老墙下站了很久。如果给我一点时间，我能够把手伸进墙缝里爬上去。但是,不远处有一个哑巴坐在屋檐下搓草绳。我继续朝前走,走着走着,脑袋里突然灵光一闪:我不在人前爬,我总可以躲在没人的地方爬啊。谁说一定要爬给人看呢,我爬给鸟看不可以吗?

那天下午,我走进一片树林。九月的太阳斜挂在远山之巅,如果没有群山作为支撑,这颗太阳不知要滚向何方。树林里金光闪闪,但秋蝉的叫声有气无力。前几天刚下过雨,湿气萦绕在鼻翼。我找到了那只蝉,神不知鬼不觉地爬上树,看它振动着腹部的鼓膜而发出声音。它叫得全神贯注,以至于我的手掌扑向它时,它几乎没有察觉。我爬了一棵又一棵树,逮到的蝉,全都放了。直到太阳落山,我才痛快淋漓地往家赶。

从那时起,我不在人前爬树了。我一旦心里奇痒难耐,就逃学。走进一座山林,当着乌鸦、喜鹊、布谷鸟的面,自己爬个够。爬树时,为了不磨损衣服,我就赤身裸体爬。反正是在山林里,没人看见。我的肚皮和双腿上长了茧,这让我从来不敢当着父母的面洗澡。

直到某天,我爬一棵大树,接近树梢的时候,一抬头,看到头顶有一窝马蜂。同时,它们也看见了我。我朝下滑去,马蜂轻易就追上了我,在我的脑袋和身上蜇了二十来下。我从树上掉了下来,一双小腿骨折。我惨烈的叫声能被人听到,这真是万幸。

那是小学五年级的事,我十二岁。

　　我妈卖了两头猪，送我去医院。我的脸肿得像个脸盆，身上肿得穿不上衣服。我的小腿，打上了石膏板。如果没有这次事故，我可能会去县城上中学，但是，我还在医院里时父母便已经做出决定，不再让我上学了。这没啥。辍学这种事，经常发生，只不过这一次轮到我了。当一个人几天不去上学，老师和同学也就默认他辍学了。

　　只要死不了，就会活下去。危险期一过，我肿脸瘸腿地回了家。父母问起我身上的茧，我说是某一段时间身上发痒，挠着挠着就成这样了。我不知道他们信不信，但没再过问。总之，那段时间他们不再让我跟着上山下地，我就一个人看着黑黢黢的楼板熬时间。

　　白天或夜晚，对我来说已没有了区别，无非就是平躺或侧躺。平躺着看楼板，侧躺着看乱糟糟的房间。我已经和父母分房睡，房间里除了床以外，还放着粮食口袋、柜子，以及暂时用不着的农具。寂静令人害怕。风吹糊窗的纸，老鼠窸窣而过，绿头苍蝇盘旋在楼板处，蜜蜂走错了路……所有这些，都能引起我的注意。有天，我甚至随手抓到了一只苍蝇，拿在手上观察了半天。

　　我将记忆中的事一件件翻出来，我将认识的人一个个记起来，还有我吃过的东西，我学会的汉字，我会唱的歌……我无数次回想在这个世界上十二年的全部经历，直到再也不回想过去，那就只能靠想象熬时间了。

　　床是我的船，蚊帐是我的帆，风吹来时，我渐渐驶出了村庄。我的床荡漾在村庄之上，森林之上，要去向远方。听说山外有条金沙江，我的船朝它驶去。我想象阿尼卡和金沙江之间，仍然是山林和村庄。我闭上眼睛，看见了金沙江，它咆哮着，奔腾着，像条愤怒的巨蟒。多少年以后，我真的来到金沙江边，却见那江平静得像一面镜子。

在我的想象中，船能从金沙江一夜驶入大海。海叫什么名，并不重要，总之它宽阔得无边无际。世界上所有的水都要流到那里。至于这条船一路上要经历什么，全凭我的心情。这一秒它还行驶在春天，下一秒就飘起了雪；这一刻，船乘风破浪，转眼就停靠在了岸边。我甚至让船上有了一条狗，它看起来像一匹狼。

就这样，我靠一张床周游世界，一直熬到马蜂的毒液从我身体里消除。被蜇的地方，起了一个个肉疙瘩。我的脚依然被固定在夹板里，不知何时能站起来。

"你们给我找点事做吧？"我说，"再这样下去，我会疯掉的。"父亲环顾四周，实在找不出一样可供我消磨时间的东西。

他去跟我母亲商量后，将家里的收音机挂在我床前。本来这真是打发时间的好东西，可是，好奇心让我对它的内部结构更感兴趣。我把收音机拆开，却无法复原，让它成了一堆零件。如果不是在病中，我肯定又挨一顿暴风骤雨般的拳头，但是这次，我父亲只默默收走了那堆零件。

"这娃没救了，"父亲说，"任何东西到了他的手上，都会变成一堆废品。"

那收音机被送到镇上的修理店，但再也没有拿回来。现在，家里唯一的电器只有电筒了。可电筒在父母的房间里，我只能想想。有天我突然想起一样东西，却不敢轻易开口，怕引起他们怀疑，只能藏起这个想法，继续靠想象过日子。

当我的脚勉强可以沾地之时，我得到了一副笨重的拐杖。这是我父亲去山上找回的两根 T 形小树。我开始锻炼双脚的承受能力，坐在床边一点点朝双腿上施加压力。如果疼到受不住了，我就重新坐回床上。我太想站起来了。那时我告诉自己，这一生，要死，也要站着死。我将重心放在拐杖上，让它支撑着我向前。我朝门口走去，当我拿到挂在门扣上的铁锁和钥匙时，热泪盈眶。

我家只有三把锁，在院门、大门和箱子上。锁这种东西，只有家里没人时才有用。可连续几个月，我都躺在家里，门锁也就失去了意义。可锁是多有意思的东西啊。一把锁，就能守住一个未知的世界，而只有一把钥匙能打开。我翻来覆去地看手中的钥匙。没啥奇特之处啊，我想，不就是几个大小不一的齿吗？

我开始用竹片制作钥匙。先是把钥匙贴在竹片上，用笔画出它的样子，然后用刀一点点削。齿的大小、竹片的厚度，都必须丝毫不差。钥匙的奥秘就在丝毫之间。但我小看钥匙了。我花了三天时间，仍然没能让竹钥匙打开铁锁。每天，当父母外出时，我就把锁拿在手上研究，在他们回来前，挂回门扣上。

我喜欢听钥匙伸进锁孔，扭动时发出咔嗒声，拱形的铁柱跳出来，锁开了。那个黑色的冰冷的铁锁里，藏着机关，而钥匙就是一道固定的密码。若不是有拆收音机的教训，我早就把锁拆掉了。铁锁上有一颗麻籽大小的点，抠开它，就能抵达锁的内心。

当我被竹钥匙折腾得死去活来时，我又想起了攀爬。爬树，我已经得心应手。比爬树更难的，我爬过电杆、竹竿和旗杆。我想，这世上没有我爬不上去的树。而爬墙的经历只有一次。这让我想到了苏三娜，这个学期就要结束了。

如何能轻松地爬上一面墙？如果能这样，我就成了飞檐走壁的人。从那天起，我决定拜壁虎为师。在我老家的墙壁上，经常能见到壁虎。即使我还行动不便，但要得到一只壁虎并不困难。

有天我听说，苏三娜的父亲被抓了。听说是因为在玉米林里种植鸦片。我想起了几年前在他家地里看见的东西。

那时我已经可以从卧室走到堂屋了。我们一家三口吃过饭后，坐在灯下，打发睡前时间。父母谈起了我的未来。这对我来说，真是个不错的安慰。

"脚好了，就跟着我们好好干活，"父亲说，"等你再大一点，送你去驾校，今后做一个大车司机。"

我在学校里见过大车。天蓝色的东风牌，草绿色的解放牌。大车的屁股下面挂着轮胎，我凑近时，那里散发出好闻的汽油味。每一次有汽车拉东西来，我们都要围着看个够。当车开走时，我们要追很远，目送它消失在弯曲的公路尽头。

"方向盘一转，给个工作都不换。"母亲听得高兴，也加入了谈话。

那时我们只能够勉强糊口。读驾校这种事，真的像在说梦话。但是，我们都很高兴，毕竟有梦做，总比整天躺在床上要好得多。为了让大家生活在梦境中，我们从此迷上了规划未来。

"如果你不喜欢开车，去学个铁匠也很好。"我父亲说，"或者做个理发师也不错。"

但这个提议马上遭到了我的反对。我说傻子才会去打铁和理发呢，开车多威风啊，还可以天南地北地跑。说得次数多了，果真有一辆汽车不时开进我梦里。白天的时候，我研究钥匙和壁虎脚底的吸盘，到了晚上，我在梦里开汽车。第一个坐进我车里的人是苏三娜。我之前曾爬到驾驶室外，隔着玻璃看过驾驶室，这让我的梦中驾驶生动逼真。

"苏三娜，总有一天，我要开车带你出去玩。"

那时苏三娜正在地里割猪草。几个月不见，她好像更黑更瘦了。她父亲被抓走后，家里只剩下她和她母亲。她还在上学，她喜欢上学。如你所知，如果苏三娜要做一件事，她就一定会做下去。

"车？独轮车吗？"她抬起头，被自己的话逗笑了，"别做梦了，像我爸一样。"

"是汽车,"我说,"我们虽然买不起车,但我可以去做开车的师傅。"

苏三娜认真地看着我,脸上浮现出一丝不屑的表情。她说:"如果你有一天会开车,金沙江水都倒流啦。"

她继续低头割猪草,一把把扎好,扔进立在一旁的背篓里。我立在地里,那种被羞辱的感觉让我想变成一条蚯蚓。中午的太阳明晃晃地悬在头顶,离夜晚还早呢。她多残忍啊,那时我是忍着剧痛才走到她面前的。但是,也不是一无所获。我从未忘记过她给予我的沉闷一击,每每想起,浑身便有使不完的劲。

金沙江水不会倒流,但我一定要开上汽车。此后,汽车仍然出现在我的梦里,只不过,苏三娜再也没有坐在我身边,而是站在路边,看着我开车绝尘而去。

我们真的穷得只剩下梦了。父母并没有忘记规划我的未来。他们时常提起驾校,作为对我的鼓励。我已经成了一个放羊娃,管着十七只羊和一头毛驴。我听人说,要十八岁才能考驾照,于是就在心里盘算,十七只羊到那时会是怎样一大群。但是,要想靠母羊繁殖出一本驾驶证,估计得十年以后。

"如果你嫌这样攒钱慢,那就自己想办法吧。"父亲说,"我们确实没办法了,粮食不值钱,可是除了粮食,地里又不会长出黄金。"

"要是这山里有矿多好啊。"我又开始痴人说梦了。

事实上，别说这山上有矿，即使寸土寸金，也和我们关系不大。我们依然没有在阿尼卡落户。为了一个合法的居住身份，我父母已经白了头发。

"我们从哪里来？"有天我问，"我们为什么不回到原来的地方居住？"

"好好放你的羊吧，别打听这事。"父亲说。

"现在还不是告诉你的时候。"母亲说。

从我记事起，家里没有来过一个亲戚。来的只是阿尼卡的当地人，而且目的全都一样，让我父母去帮忙做工。

"爷爷奶奶在哪里？"

"在土里。"

"伯伯或者叔叔呢？"

"没有。"

"那我们是从哪里来的啊？"

"从天上来的。"

当阿尼卡人问我们从哪里来的，父母的回答是洛古拉卓。但是，没有人听说过这个地名。为了让他们的回答看起来更像真的，他们甚至会在人前唱一种古怪的歌，唱的是洪水滔天之际，一对兄妹受天神旨意结为夫妻的事。接下来，他们唱的是，祖先们如何战胜猛兽和灾荒，让子孙像天上的星星繁衍开来。但我怀疑他们瞎说。

我能怎样呢？生在这样的家庭，是我的命。我明显感觉到身体在发生变化，青春期到了。不久的将来，这个家庭的担子就会落在我身上，而我要将我父母带向何方？这样的思考，让我整夜整夜失眠。

春天的时候，我终于做出了一把竹钥匙。当它打开大门的那一瞬间，我在心里突然放开了这个并无多少意义的执念。难道我今后想成为一个配钥匙的人吗？这可比开汽车差太远了。但是，爬墙的想法仍在折磨着我。不幸的是，我研究壁虎的吸盘也失败了，因为吸盘并非看起来那么简单。老天爷才是最伟大的发明家。

我在某个失眠的夜晚突然意识到，如果我想爬上一面墙，完全可以不用壁虎吸盘之类的装置，而只是需要一个可以抓拿的东西即可攀爬。农村的墙壁几乎都能找到裂缝，要找到可以插进裂缝的东西并不难。我从街上的铁匠铺里买回了两把匕首。

我父母自始至终不知道，我是如何飞檐走壁的。我靠的正是这两把匕首。一些看似神奇的能力，来自日积月累的练习。

最初的练习是在树上。作为一个放牧者，我有太多单独面对树木的机会。我一次次把匕首插进树里，一次次拔出来。我的匕首一天天秃下去，又一天天锋利起来，它越来越短，直到刀刃没了，只剩下刀柄。一年过去了。那时我终于相信，滴水穿石是完全可能的，只是需要时间罢了。我又去铁匠铺买匕首。铁匠说，你的刀用坏了？我说，没有，送人了。他把这理解为他的刀好，可以作为礼物送人。我第三年去买刀，告诉他，匕首丢了。

如果有天我真的丢了匕首，那只能说我连命也一起没了。我的匕首，从来没有和我分离过。它吊在我的腰带上，左右两边各有一把。我只要瞒过了父母，就万事大吉。

阿尼卡后山上的树，绝大多数被我伤害过。当锋利的匕首插进树干，树摇晃起来，那是它们在喊叫。当我抽出匕首，树便颤抖起来。相比用双手双脚爬树，我已经可以用两把匕首插着朝上爬了。我像一只壁虎，能轻松上下任何可以承受我体重的树。但是，没人知道我有这个本领。

那时的日子真难熬啊。羊群的壮大速度并没有想象中的快。它们似乎已经看出我总有一天要把它们全部赶进屠宰场的想法。公羊们，一个个蔫蔫的，对那些发情的母羊眼皮都懒得抬一下。而那些婊子母羊，很多都是没用的东西。更要命的是，某天居然丢了三只羊，也不知是被狼叼走了，还是被贼偷走了。

在连绵不绝的群山里，一切都有可能发生。别说是狼群或小偷，即使是藏几个杀人犯也是很安全的。

成长带来力量，也带来无处发泄浑身力量的烦恼。如果没有匕首和那些沉默的树，我可能早就疯了。漫山遍野的孤独啊，我不时像狼一样号叫，但只有母羊们回应我一声"咩"。

有时候，我爬上后山最高的帽儿峰，看到更远的山上，白雪皑皑。山下，据说就是金沙江了。我又想起了那个以床为船的梦。

　　其实，不只我在改变。其他人也是。最早离开阿尼卡的年轻人是方小农。方小农长得像只猴子，长胳膊长腿，前额突出。不知他哪根筋搭错了，喜欢上了苏三娜。苏三娜考上了大学，方小农追着出去了。

　　苏三娜离开阿尼卡那天，我杀了后山上的一百棵树。整整一百棵，我数着的。然后，大汗淋漓地躺在山上睡了一觉。我想跑，想跳，想呼喊，想膨胀，想找个缝钻进去。可是，我们住在阿尼卡的边缘，十几年了，我们仍然是来路不明的外地人。如果不是租种别人的土地，我们早已被赶走。因为法律没有规定，土地不能租种。

　　不知从啥时候起，我父母再也不提开汽车这事了。它像一个可怜的肥皂泡，连破碎都是无声无息的。只有我一直记得苏三娜所说的金沙江水倒流。我并不怪父母。我的未来，当然只能靠自己去创造。

　　"我们对你没啥指望，"母亲说，"只希望你遵纪守法，平平安安，在合适的时候娶个媳妇就好。"

　　"领结婚证要户口呢。"我说。

　　我的父母从此不再提娶媳妇的事了。

　　"如果你们真希望我能够有个前途，就让我出去吧。"我说，"人挪活，树挪死啊。"

　　"出去打工，不也要身份证吗？"父亲说。

　　"你打算什么时候告诉我？"

　　"啥？"

"你说呢？"

这样的谈话，每次都以沉默告终。也许他们要等到死时才告诉我，怎么成了没来路的人吧。那时我感觉自己像一个气球，正在被一点点充气，总有一天要爆炸。而我的父母，他们一天天干瘪着老去。他们对我客气起来，言语间带着讨好和商量。我终于自由了。如果我心情不好，我就赖在床上，他们不会再骂我，而是自己默默去做。即使我冲他们吼，他们总是低头走开，不声不响。

"我真想一走了之。"我一次次冲他们喊，"这个鬼地方，我一天也不想多待了。"

没人再回应我的牢骚，他们像两只空坛罐。

闲得无聊，我就去阿尼卡的村里逛，但那里已经很少有年轻人了。他们把自己像种子一样地撒向城市的水泥地里，开启了和父辈们完全不同的生活。虽然目前，还没有传来出人头地的消息，但他们至少已经生活在一种希望和可能中。

我听人说，外面有人能办假证。别说是身份证，就是大学毕业证，花几百块钱也能造出来。那是一个冬天的傍晚，我正准备赶着羊回家。山路上来了两个穿披毡的人，他们问我是否想卖羊。这两个行走在城乡之间的牲口贩子，一老一少。老的负责在交易中杀价、拍板、付钱，年轻人只负责赶羊。在几支香烟的撮合下，我们搭上了话。他们当天刚把一群羊赶进了屠宰场，正一身轻松地行走于乡村，寻找卖家。天快黑了，他们问能否到我家吃住。

"我们不会白吃白住的,"那个年老的说,"吃住一晚,每人给二十元。"

这是叔侄俩,姓古,来自县城边的农村。长时间在外游走,他们说起话来伶牙俐齿,轻松自如。他们抽五块钱一盒的香烟,手腕上戴着亮闪闪的手表。吃罢我家的粗茶淡饭,这叔侄俩又问我家是否考虑卖几只羊。

"你们问他吧,"父亲说,"这个家里,我儿子说了算。"

"卖吧,"我伸着懒腰说,"我早就不想放羊了。"

十七只羊,养了五年,丢失了三只,卖时大小共四十五只。姓古的叔侄说平均每只二百元,我们得了九千元。扣除本钱,这五年来,相当于放羊每天只赚了三块钱。

还开汽车呢,他妈的,这跟讨饭有何区别?我蔫蔫地坐在火塘边,想起这几年的放羊生涯就伤心。都是一样的人,比如那个小古,比我大不了几岁,但他明显比我强得多。那晚我们睡一屋,老古睡着了,小古讲起外面的世界,说到了办假证的人。

"我也得去搞一个,"我在黑暗中狠狠地说,"一旦我拿到身份证,立马就走,撒尿也不朝着这个鬼地方。"

"路嘛,千万条,"小古说,"就看你怎么选择了。"

那夜,我的身体里流淌的不是血液,而是油,被小古几句话就点燃,燃烧了一个晚上。

当我宣布要和这叔侄俩一起走时,父母的脸上并没有一丝惊诧。老古还需要一个赶羊的帮手,工资不高,但可以跟他学做买卖。他看中的，正是我的放羊经历。卖羊的钱，我给父母留了八千。对他们来说，钱比我更有用。

我亲自把那群我放了五年的羊赶进了屠宰场。那是在县城边的一条河边。屠宰场里弥漫着膻腥味，牲畜的叫声不绝于耳。在这里，牲畜们没有了公母大小的区分，不过是肉而已。这一笔生意，我不知道老古赚了多少钱。他送了我一块看起来不错的石英手表。

"好好干，"老古说，"我这一辈子，没有干过一天农活，凭的就是嘴和眼。"

老古的嘴，天花乱坠，脸不红心不跳，羊的优劣就在他的两片嘴唇之间。而且，他有着和秤相差无几的眼力。

但是相比老古，我更佩服小古。这个仅大我两岁的家伙，脑袋里装满了怪东西。有天他像大舌头样地唱起一首发音古怪的歌，问我知不知道黄家驹。我说，我们是贩羊的，你管马的事干啥？他笑得满地打滚。他家离县城只有五公里。他坐火车去过更远的成都和昆明。他念过高中，成绩倒数。他讲起和女同学看电影，把手伸进对方的衣服中。他和人打架，背上留着一条刀疤……当然，他也没有回避为何沦落为一个赶羊倌的问题。

"这是一种惩罚，"他说，"我刚从里面出来，就当是监外执行咯。"

他因为偷自行车坐了一年牢。于是，他跟我讲起他在城郊行窃和监狱里的日子。他以一个过来人的语气，炫耀地讲起他一晚上撬开五把锁的经历，以及那时监狱里犯人之间的折磨。

"你呢？"他说，"说点你的事情吧，别整天闷着。"

"爬树算吗？"我羞愧地问。

"怎么爬？"小古撇嘴道，"是倒着爬还是顺着爬，难道比松鼠还厉害？"

"这个世界上，没有我爬不上去的树，"我说，"电线杆、旗杆、竹竿，只要能承受住我，都爬得上去。另外，爬墙也不在话下。"

那时我们正行走在山林里，路边全是碗口粗的桤木。那天老古坐镇牲口市场，跟一帮来自云南的牲口贩子磨嘴皮，他让我们去附近的乡下转转。老古不在，我和小古自然就无所顾忌。他随手指着路边的一棵桤木，我灵巧得像只猴子样地爬了上去。我在树梢回过头，看见小古吃惊得张大了嘴。

"你狗日的，上辈子是只壁虎啊，"他说，"来来来，再给老子爬这棵。"

那是一棵双手抱不过来的松树，我掏出匕首，噌噌噌爬了上去。我坐在树丫上点燃香烟，招手让他上来。小古不服，跑到树下，抱着树，像只笨猪，哼哧哼哧折腾了半天，汗流浃背地服气了。

我们再也无心去问人是否有羊卖了。穿村过寨，翻山越岭，我和小古搂肩搭背，亲如兄弟。我甚至跟他讲起了开汽车的梦想和苏三娜。

"有你这个本事，你真的会开上汽车，"小古突然停住脚步，认真地看着我，"不是给人当司机，而是开你自己的车。"

我叼在嘴上的香烟猛地一抖，刹住了脚步。冬天的原野上，刮着冷风，黄土地大多裸露着，不多的几片浅浅的绿色是萝卜地。低矮的房屋，用石板铺了顶，防止被风掀翻。一群羊在山坡上，因为没有青草而烦躁不安。

幸好我不再是个放羊娃。这些年，羊群像绳子样地拴住了我，而小古叔侄就是那割绳的刀。现在，这把刀立在我面前，目光坚定地看着我。

"你信我吗？"他说。

"我把你当兄弟，"我说，"我们可以结拜，可以对天发誓。"

"那好，走吧。"他打了个响指，"去他妈的。"

当晚，我们回到了阿尼卡。我们不再帮老古赶羊了。可我父母还以为我们只是路过，还在指望我能够成为一个羊贩子。我高声安排父母杀鸡，烧水泡茶，他们唯唯诺诺照办。酒足饭饱，蒙头大睡。隔着被子，我听见父母的嘀咕，以及收拾锅碗时的磕碰声。小古在打鼾，像是被子里捂了一只风箱。这鼾声，让我的生物钟彻底颠倒过来。

我们白天睡觉，晚上醒来。半梦半醒之间，耳畔时常有父母模糊的声音。而到了晚上，我和小古从黑夜里醒来，不开灯，摸索着穿上衣服，踮着脚尖出门。有时候，我们会乘着夜色回来，有时则不会。

冬天的阿尼卡，放眼之处尽是枯枝败叶。人们舒展开手脚闲下来，放慢了步态。但我父母闲不住，一个冬天都在准备柴火。他们上山砍倒那些不成材的树，锯断，劈开，驮回家来堆在房子周围。

黑白颠倒，住在同一个屋檐下的四个人，分成了两个世界。我不知道在我和小古睡觉的时候，父母是否会悄悄打开房门瞄一眼，但我确实很久没有见到他们了。不光是父母，我连太阳都许久没见。

天气越来越冷，可能要下雪了。阿尼卡的雪就像放在山上的羊群，再晚也会回到村里。趁雪未下，我和小古回了一趟县城。1998 年的小县城。我从上到下给自己换了一身行头，染了黄头发。至于骂脏话、竖中指、甩头发、螃蟹步……我早已学得像模像样。小古回到县城，如鱼得水。他穿着旱冰鞋，嘴上叼香烟，把县城的街道当成了他的旱冰场。我们的身后，跟着十几个朋友，大家放肆地说笑，吼叫，唱歌，旁若无人。但我丝毫不知，那是命运的回光返照。

我和小古重返阿尼卡的第二天早上，我们照例是打算睡到腰酸背痛才起床。但是，没有如愿。

"哎，你们快起来看看，"父亲在窗外大声喊，"周围的山路上，怎么突然出现了那么多人？"

我从睡梦中醒来，脑袋嗡嗡作响。当我听明白父亲的话，浑身的血液沸腾而起，直冲脑门。小古开始迅速穿好了衣服。我们的表现，让我父亲瞬间明白了。他身子一软，扶着墙瘫了下去。

我们狂奔出门，朝着帽儿峰逃去。现在，我们只能将命交给这莽莽群山了。我们躲在丛林，看见人们潮水样地围住了我家。

"你赶紧逃吧，"我对小古说，"我得回去，父母还在家呢。"

"你如果不想被人大卸八块，就给老子好好待着，静观其变。"小古按住了我的肩膀，和我一起看着不远处的家。这么多人围在一起，很像是在举办一场喜事或丧事。人头攒动，风中传来喧闹之声，却是听不清具体在说什么。同样，也看不太清楚。

有人被推搡着出来。应该是我的父亲。他在推搡中像是喝醉了似的踉跄着，两三个来回后，倒地不起了。这时，人们朝他踏上了几十只脚。紧接着被押出来的，是我母亲，我听见了她的哭声。我父亲仍然躺在地上。有人从家里搬出了东西，可能是家具或粮食。

"我爸会不会被打死了？"我颤声问。

小古没有回答，而是从身后紧紧将我拦腰抱住。我们看到不断有人从我家里搬东西出来。耕牛和马也出现在了我们的视野里。这时，院里传来猪的号叫。院外的空地上已经烧起了三堆火。我父母辛苦找来的柴，此时正好用来烤他们的猪。人们以火堆为中心，来来回回。我的父母已经被绑在屋前的椿树上（就是我当年爬的那棵）。他们没有再打他，可能是害怕搞出人命。还有人陆续赶来，但也有人在搬着东西离开。

他们抄了我家。他们冲进我家里，以失主身份进行抢劫。无论看到什么，都成了他们丢失的东西。牛、马、猪、家具、电视、粮食、马鞍、锄头、镯子……所有他们能在生活中用上的东西，都被洗劫一空。

我在不远的丛林里，看着魔鬼一样的人们渐渐离去，天渐渐黑下来，但那几堆火仍在熊熊燃烧。阴冷的风中送来哀号，那是父母背对背的哭诉。我再也忍不住了，甩开小古从丛林里跑了出来。此时，眼泪、哭声、喊叫，都失去了意义，只有风声响彻耳畔。

当我从树上放下父母，在他们面前跪下，他们突然停止了哭声。小古从后面跟着跑来，傻站在不远处。天完全黑了，火光照着我们的脸。父母满脸是血，面目全非。他们躺着，我跪着，小古看着。

"是你们干的，对吗？"父亲气若游丝地问。我点头，整个身子匍匐在了地上。

"赶紧逃吧，"母亲轻声说，"永远别回这里，他们不会放过你的。"

我的脑袋里一片混沌，耳畔像是有一万只蝉在鸣叫。父亲挣扎着坐了起来，搂过母亲的头枕在腿上。

"但愿经历过这一次，你能够真正懂事了。"母亲说。

小古在这时哭了起来。他说对不起，是他带坏了我。

"快走吧，"父亲说，"他们抓到你们，会要了你们的手脚。"

阿尼卡的山路上，出现了几束手电筒光，而且渐渐能够听见人声。估计是有人想来看看是否还有可拿之物吧。可是除了房子，已经没有任何值钱的东西了。

"快走吧！"父亲说，"我们不想你断手断脚。"

茫茫丛林。乌云的后面有一轮昏沉沉的月亮。我和小古朝着一个方向奔跑，仿佛后面有千军万马在追赶。树枝、荆棘、蜘蛛网扑向我们，我们完全不管不顾。我们爬上帽儿峰，再也走不动了，就在一块巨石上歇下。群山连绵，像一幅年代久远的山水画。

天亮以后，我们开始往山下走，穿过一片丛林，就到了青果镇。我们站在路边，从对方身上看见自己的样子：衣衫褴褛，满脸血痕，头上沾满了蜘蛛网。

村庄里悄无声息，只有屋顶冒着炊烟。坑坑洼洼的公路上很安静，连一辆马车也没有。我不知道班车什么时候到，也不知司机是否会搭载如此可疑的人。但我知道，这一次，我真的离开阿尼卡了。

2024 年 12 月 23 日修订毕